石英　著

东北记忆

大连理工大学出版社
Dalian University of Technology Press

图书在版编目（CIP）数据

东北记忆 / 石英著. -- 大连：大连理工大学出版社, 2025. 7. -- ISBN 978-7-5685-5840-2

Ⅰ. I267

中国国家版本馆CIP数据核字第2025VP9886号

东北记忆　DONGBEI JIYI

地址：大连市软件园路80号　　邮政编码：116023
营销中心：0411-84708842　84707410　　邮购及零售：0411-84706041
E-mail：dutp@dutp.cn　　URL：https://www.dutp.cn
大连金华光彩色印刷有限公司印刷　　大连理工大学出版社出版发行

策划编辑：海迎新　　责任编辑：海迎新
责任校对：董歆菲　　封面设计：刘润孟

幅面尺寸：170mm×240mm　　印张：11　　字数：100千字
2025年7月第1版　　2025年7月第1次印刷
ISBN 978-7-5685-5840-2　　定　价：68.00元

1951年摄于山东军区大院

1952年摄于济南珍珠泉

1992年摄于莱芜战役指挥部院内

无正气何以为人
无正声何以为诗
——作者手记

1993年摄于松花江畔

20世纪90年代摄于辽宁凤城

世纪之交摄于辽宁盘锦

21世纪初摄于吉林集安

序

我与大连有缘。

这里有地理上的原因。我的故乡在山东半岛西北岸的秦置古县——黄县（今龙口市），与辽东半岛的大连隔渤海海峡遥相对望。我小时候常有这样奇妙的想象：假如有那么一个彪形大汉，肩挑垂担，大步从群岛之上跨越，岂不是可以瞬息到达彼岸了吗？

另一个重要的原因就是我们那里“闯关东”的移民文化。近世以来，闯关东的山东人尤其是胶东蓬（莱）、黄(县)、掖（县）一带从龙口港和烟台港乘船北上者何止千万。仅以我的近亲为例：我的叔伯二舅（我母亲娘家叔叔的儿子）年轻时曾闯大连、营口，运气不济没挣下多少钱，中年回乡却幸运地带回一位勤劳能干的大脚二妗母，相依终生；我的叔伯三舅大半生在大连一家绸缎铺当伙计，直到日本战败投降后才回乡照看老母；我的父亲早年闯哈尔滨、海参崴，因为会说俄语，五十多岁时被旅顺一家建筑公司聘作翻译，直到年近七旬干不动了才回归故里。仅举几例，即可见我与东北有多深的渊源。

我本人少年参军，多在山东与华东地区活动，未曾过海参加战斗，但我的老乡和战友中多人北渡，有的还长眠于白山黑水之间。

我记不清有多少次赴东北各地出差体验生活。最使我难忘的是1978年中国作家协会组织的四十余名作家赴鞍钢、大庆深入生活的访问经历。访问团成员中包括团长艾芜、副团长徐迟，以及著名作家诗人艾青、刘知侠等人。我和蒙古族诗人查干等只能算是小字辈的。活动结束后我乘船由大连回龙口老家，给年逾八旬的老母亲带回大庆油田的扫帚梅（学名波斯菊）种子，老母亲将其遍撒院中。次年花开满院，母亲坐在小马扎上欣赏，开心不已。我为之写了一篇名为《花丛中的晚年》的散文。

2025年是中国人民抗日战争胜利80周年，也是世界反法西斯战争胜利80周年。对东北人民和东北地区而言，这一年具有极其特殊的意义。我的这部书稿从宏观上说是涵盖白山黑水整个东三省的范围，书中毫无疑义包括当年东北人民抗击日本侵略者的内容。一切有心人都不会也不应忘记：远自19世纪以来，日本军国主义就以朝鲜半岛为跳板，处心积虑地觊觎和蚕食我国辽东地区和整个东北地区。20世纪初的“日俄战争”就是在中国东北大地上进行的。日本法西斯在辽东和旅大地区疯狂地屠杀中国人民，挑起一个又一个血腥事件，进而在1931年制造了“九一八”事变。中国共产党领导的东北抗日联开辟了全国最早、时间最长的抗日战场，涌现了许多感天动地的抗战英雄。

本书并非单一的战事内容，也不仅仅局限于那段战争岁月。因为如上所述，日本军国主义者的侵略野心蓄谋已久。因此，所有东北人民的抗日斗争均应视为一脉相承的组成部分。书中除了与抗日战争相关的内容外，还有东北地区的地理风物、人文胜迹、人民生活写照等内容，有助于帮助读者更完整地了解东北地域的壮美图景，同时也隐喻战士和人民的鱼水之情。

另外，我还就个人的经历和体验记述了大连乃至整个东北地区与胶东故乡的来往和亲缘关系。我认为，这与中国人民的抗战斗争是一个可分割的整体——不论在任何时候任何情况下，都需要正直善良的心地和美好的情操作为依托。

作为一个年逾九旬的老年人和写作者当然深知当下出版业之艰辛，但出版社尽可能使我亲历之生活与人生体验得以诉诸书页，对他人尤其是年轻一代能有点滴启迪。这于我个人而言，又何尝不是极大的恩助。感激之情，又岂是一个“谢”字所能表达。最后一句话：挺老兵之身，行无言之礼。最诚挚之敬意赴海奉达，无声胜有声。

石　英

2025 年 7 月

于京西城斗室

目录

之一

壮美山河

大哉，三江平原

不到三江平原，

难领略黑龙江之大。

汽车动辄驰行几百公里，

还能感受佳木斯匀称的呼吸。

“一望无际”在这里不是僵硬的成语，

是视觉的极限，是胸廓的张力。

一切都变得鲜活而具体，

大自然巨笔挥洒自如，疏也细密。

稻田，豆垅，大麦地，

“巧夺天工”又是一个不得不用的成语。

闺女要出嫁，老天要下雨。

喜雨又逢喜日，引得农工皆大欢喜。

大麦做原料，不为打造“啤酒肚”。

甜菜绵白糖，更不为囤积居奇。

乘上同三高速路[注]的汽车远驰，

佳木斯人胸中装着商品粮基地。

啊，佳木斯！

在千里广袤望远不会短视，

我宁愿跳不出三江平原的掌心。

时间虽短，也曾做过这里的三百万分之一！

注：现沈海高速公路。

冰城的树挂，南海的珊瑚

看到冰城的树挂，
便想到南海的珊瑚。
一个高挑在大树枝条，
一个潜藏在大海深处。

高挑的，不为卖弄，
深藏的，也不为待价而沽。
日精月华，辛劳的代价；
天公地母，凝结的汗珠。

地处南北，性格有异，
但属于同一精神家族。
树挂纯洁，珊瑚深沉，
合起来，才是一个全部。

笔架山的路

一个普通的海岛，
山势也并不奇特。
奇的是上山的路，
沙带像舟桥时起时落。

涨潮时看不见路，
退潮时才高出浅波。
海浪忒霸道容不得异色，
路却无意争夺山上的亭阁。

人称这路为天桥并不确切，
它从来也未架在天上。
彩虹倒像天桥却稍纵即逝，

而真正的路永不会被淹没。

路不仅是走出来的，
还要顽强维护神圣的职责。
涨潮时或许有人将路忘却，
登山时却无法插翅飞越。

山的名字并不新颖，
山势也并不嵯峨。
假如没有这条奇特的路，
我不知笔架山还有多少游客。

冬日天池

长白山天池，

冬天的浴盆。

太阳一跃而下，

月亮撞出水花。

浴罢，

跳出来再挂天空。

太阳说天池是热的，

阳光便更加温暖；

月亮说天池是凉的，

月光就更加晶莹。

长白山天池，

整个冬天都来洗浴。

洗去一年的汗渍，

洗去污染的俗尘，

洗掉灰色的记忆，

洗掉冬夜的郁闷。

浴罢，

冬天又走进山村。

屋顶风向仪说：

“冬天还是那副面孔！”

地热火炕说：

“冬天却换了一颗心！”

忆佳木斯

佳木斯起得很早，
夏季子夜刚过，太阳
就急着唤醒勤快的人们。
自行车车轮旋转着朝阳的光粼。

佳木斯的步伐很快，
几百年前，松花江的激流
就载着东兴镇的快人快语，
风靡了三江汇流的一角。

佳木斯很好客，
无论是来自北京还是伯力，
豪爽的真情拖着游船稳稳行进，
一曲船歌润得江上浪息波平。

佳木斯起得很早，

这里的人很勤快，却不过劳。

热心创造，汗珠里映着微笑，

聪慧的大脑感应灵动的电脑。

一尊神鱼

我虽然生在海边，

也没见过这么多的鱼。

江上是鱼，船上是鱼，

鱼博物馆里挂着的，游着的，

还是鱼。

鱼据地生辉，地因鱼崛起。

赫哲人的一柄鱼叉，

将三千年的大江历史串起。

赫哲父老的鱼皮衣裤，

堪称服装史上的奇迹。

谁也不会轻视他们的族人太少，

独创的文明不啻“状元及第”。

船上的鱼宴也许并非唯一，

大盘大碗却透着主人的大气。

江里成吨的巨鱼像只小船，

再看这船恍然也如一条大鱼。

吃鱼，不如品味这鱼的世界。

猛一抬头，船上挂的地图，

哎，三江地区东北角多像鱼嘴？

多少年来呼吸历史的风雨。

鱼的世界是不沉的世界，

啊，三江大地之角——一尊神鱼！

抚松绿叶

大地上有多少绿叶？无法统计。
但绿叶再多，每一片都不相同。
它们片片都有个性，也有血型，
甚至有语言，彼此还能对话。

当风吹来时，轻拂还是剧烈摇动，
那是绿叶喁喁私语或大声呼喊。
这时，灵敏的人对绿叶的语言也能感应。
绿叶再多，都有着共同的品质——
合起来都是精神不灭的象征。

人们的心是红色的，却需要
绿叶的滋养和映衬。许多作物

都靠绿叶催生果实；大好空间
都凭借绿色昭示生命的存在。
而人心在绿叶丛中彰显活力，
正邪、真伪也由绿色品检与鉴定。

有人说，绿叶终归违抗不了季节——
春萌，夏盛，秋萧，冬也凋零。
表象如此，应是绿叶对天候规律的尊重。
也是避免色调单一，为人群提供多彩风景。

但本色未变，本质如信仰永存。
春嫩，夏青，秋思，冬凝。
冬季是绿叶真正的成熟，
只是转换一个形态，做必要的修整，
为来年积蓄更加丰稔的自信。
更何况，广袤万里总有长青之域。

绿叶尊重季节，却也不怀疑奇迹诞生。

非凡奇迹何在？抚松！

当年抗联战士转战于此，

负伤未倒，手抚棵棵青松。

未久待，又向北迤逦而行。

背后青松大呼：兄弟保重！

战士回首挥手：别了抚松！

绿叶变黄，瞬间又一片泛红！

辽西菊花岛

上得岛来急欲寻菊而未见，

是因季节不对。

有菊已凋于风霜，

还是因岛形似而未全览。

转上一圈至少须走一天，

答案何在？

欲罢心犹不甘。

古人有以菊为专著，

多以菊花喻人。

人淡如菊，菊之傲霜。

不尚俗流，骨格清奇。

当与岛名由来相关？

正想间，一长者翩然而至。

曰："何须苦苦索源？

"且去民间体验一二，

"便知辽西民风勤劳朴厚，

"大善如医，能解身心疾患。"

然。我选定菊花岛深入体验。

证实它果真富含菊之品性，

其形近似一簇硕大的菊花，

就连这里的阳光也是香的。

最后，无须在岛上寻找菊花，

而重在自己心灵中有否菊的气息。

跳荡的河

水花蹦跳，

像天使的狮毛狗。

你来到这里，

才知什么叫白，

远胜过贵妃的肌肤。

这里一切都在动，

没有一秒钟的停顿。

不是谁鞭抽着谁，

而是相互推动。

无穷生命力就是本性，

九寨沟的水是静态的，

这里的水没空儿做梦。

我不想评判二者的高低，

但如果我不愿就此趴下，

就想钻进水花里游泳。

无尽的源头在哪里？

晶亮的瞳仁，

回答净化的心灵。

水上森林

森林浸泡水里，

谁也没有腐烂，

谁也不会枯萎。

流动的水是杀手，

却成了绿色生命的防腐剂。

不是精巧的盆景，

没有标出价格。

它拒绝标价，

无意与任何名画一争高下。

也拒绝搬动，

就像拒绝篡改历史的真实。

松花湖“大舞台”

不是国家大剧院，

更不是维也纳金色大厅。

只有一池活水托着九曲板桥，

一双男女边唱脚下边踏着节拍。

水里的鱼齐集到桥边，

咀嚼着民歌声腔的韵味。

看客，杯在手一时却忘了品茶，

世间有时有比茶香更引人的气息。

一段终了，又是一个节目。

还是那两位，也没换装但听众觉得情感色调变了，

歌里的“剧情”变了，

人物的性格也变了。

或许，观众期望有啥样人物，

她和他的心中就有啥人物。

不知是演员本身不肯换装，

还是观众也不愿他们换装。

你看，他们身边的花草多自然，

他们脚边的池水多清澈。

一切都是这样原生态，

整个松花湖都是歌手的平台。

不，这舞台要多大有多大，

大自然镜框镶着两个人物。

万籁都为他们的情感录音——

民歌兴，天地听。

松花湖冬雪

这里的雪同样是白的，
但白得温柔，白得浪漫。
一只鹰隼从林中飞起，
另一只也追奔而去，随同
飞向另一簇更高的树丛，
身影双双消隐。只见，
扑棱下抓抓雪粉，发出
不带杂色的纯白的短信。

一望漫漫皆白，
更看出群山参差，高低反差，
还有尖塔型的，人形的。
是白盔白甲，还是银色披风。

这些白袍将军，英俊。
吕布，马超，薛仁贵，赵子龙，
远近相顾，尽管朝代并不尽同。

这时刻，不再细作分解——
谁有勇无谋，谁品格忠勇，
全都修成正果——高山雪神。
看游览图，山那边有滑雪场。

信步高处，雪景更一览无余。
唯独绝白中有红红一点，
宛如滚动着的一枚红枣，
那是去博物馆上班的讲解员。
走向远古地质和几千种动植物，
叹为观止的浩瀚知识的海洋……

忆千山

我当时就曾对同伴说过，

关东有此山堪称奇特。

那浓绿，那秀石，那佳色，

就连岭南寺峰也应羞涩。

要古迹吗？也原装原色。

明嘉靖古刹，万历寺塔。

千山，不愧千山中之山。

人文景观也可称是老资格。

巍巍长白山

也许这里不是“胡天”，不似唐诗里所说的“八月即飞雪”，这里的八月天雨格外勤。一旦放晴，风便凉得沁人，尖厉厉得像冰棍儿从脸腮上滚过，使你马上产生一种预感：如果明儿早晨骤然降温，连空气也会冻得莫知所措。

这里的风威严如父，水温柔如母，风与水精心合作，造就了绵延起伏的俊美的山，也是高智能的山，富裕的山。

不是吗？

这大门口的山，离长白主峰还远着呢，在当地也许算不得什么，却已经俊美极了。山坡上全是翠得可人的松，没有一处裸露土色的地方，每只松针上都佩着露珠，根本不须装扮，完全出自天然。自然使得你不忍攀爬，唯恐惊动了它的纯真。过去只以为江南的山蓊郁葱茏，北方的山自愧弗如。其实并非如此。这里的山蓊郁而不鲁笨，俊逸中又透着纯情，使你联想到姣好山姑那露齿一笑，旋又秀发一展隐在雾中……

山这么秀，必然也是灵的。你看，在不少的山坡上，在铲去了树木的地方，是一片片的参园。中国多山，但并非都可以种植人参。而长白山得天独厚，那它神奇的源泉又是什么？我第一次从当地朋友那里得到“点化”：人参只有在原始林木清伐处才能生长，如果是在种过的地里再植，那可就对不起——高智能的作物竟是如此清高，也懂得择地而居。

长白山，更是富裕的山，珍贵的出产何止那传统的三宗宝。当我参观鹿场时，我忽然悟道：那梅花鹿才是长白山走上富裕之路的象征。你看它在场地上欢蹦乱跳，仿佛正驮着全体山民，一同跳出脱贫的圈栏。

长白山是俊美的山、高智能的山、富裕的山，但终归又是未失质朴的山。在那天池的半山丛林中，我第一次看到当地人称为筒子河的暗沟。它们是多少年前地壳变动的遗迹，清得甘冽的地下水在暗河里潺潺地流着，不尚炫耀，不求闻达于世，将潜流默默地送到城市自来水塔，送至农业区水库，然后消失在成熟的玉米穗里和沉甸甸、香喷喷的东北稻谷里。

风之父在呼，水之母在舞。阴历十月天里，风与水又一次精心合作，凝成了第一场初雪。这雪一来，就不是小家子气，而是纷纷扬扬，痛痛快快。把山路封了个严，把行人裹了个胖，但不管怎么，那山上的松还是一样的翠，不畏寒的山雀儿一扑棱，松又从雪帐里露出真容来。

我这才明白：长白山在冬天里也依然青春勃发。雪花，也不是白发的飘洒，而是点点喜泪的凝结，是对眼前丰稔的山区、富裕的儿女的深情祝福。

辽西走廊抒情

我少年时就熟悉它，在地图上，在报纸的号外上，在梦里攻克锦州和塔山阻击战的炮声中……

后来多少次乘车从这里经过，直至脚踏实地地在走廊里走了一趟，才算真正领略了它的风采。

哦，辽西走廊！

这走廊，不是峨眉一线天，也不是颐和园的长廊。它是历史和地理的咽喉，而山海关和兴城（古宁远）等要隘就像是随时可能卡喉的鱼骨。就连秋风从这里吹过，也只能小心翼翼，放缓脚步。

我之所以说它是历史和地理的咽喉，是因为它地处关内外必经的要冲，依山面海，是虽非唯一却是最佳的取向。而古往今来，凡山海关内外有事，军情经略，政云变幻，无不要通过此间，在关里关外引起震荡。

中国的“走廊”要道，很少如这里一样拥挤：冒险家们常常选择此道，无论是去抢占制高点还是落荒远逸。然而，更拥挤的还是络绎不绝的平民百姓。多少年前，那闯关东的山东、河北汉子，肩挑“八股绳”，两筐载着哭哭啼啼的孩子，从这里奔向北大荒和乌苏里江畔的林莽；东北军士兵怀着一腔无奈的怨愤步向关内，却不住回头，痴望八月的乡村上空的烟尘。

走廊更有辉煌，更有扬眉吐气的纪录：

一九四八年底的历史，有很重很浓的一笔是为辽西走廊书写的。天下第一关像公正无私的老人，为光荣的献身者含笑开出“过境签证”。星星灿然闪亮，目送解放军入关。军歌镀亮了明代肖显所书“天下第一关”的匾额……

正是在这时候，辽西走廊才真正体味到“人民是真正的历史创造者”这沉甸甸的含义。

它当然永远不会忘记那些以爆破筒和身躯去换取胜利的共产党人。正是他们，辽西走廊才不是只有那窝囊、憋气的回忆，才不是只有被达官贵人、野心家、劫掠者的马蹄和皮靴践踏的记录，开始成为乐于为奉献而承重的桥梁，从贫穷走向富强。

一九九二年夏秋之际，我走在这条走廊上，这里焕然一新，不只是借助炫目的色彩与光怪陆离的广告牌。首先是改革开放时代的开阔眼光，从锦州、锦西（葫芦岛的旧称）的化工厂、发电厂的规模和气魄，从兴城“海会”的兴旺；从宁远（兴城的旧称）古城的修葺和旅游业的发展，从昔日的战地今日已是繁荣市镇的塔山、高桥街市贸易的活跃，都不难看出辽西走廊今天的走向，明天的态势……

在那些一个挨一个的饭馆身后的山包上，就是塔山阻击战的故地。此时很静，很安谧，不仅是走向富裕的人们，就连爱聒噪的蝉也懂事地停止了喧叫。成熟的玉米沉甸甸的，有的竟垂挂下来，它们就像一个个惊叹号，惊叹于过去那段漂亮而严峻的历史，也惊叹于经济快速崛起的今天。

啊，从狭窄到开阔的走廊，从艰难到兴盛的走廊，从昨日到今日以至通向明日的走廊！

拾遗录

辽西走廊位于今辽宁省锦州市与河北省山海关之间，东临辽东湾，西依松岭山，长约185公里，宽8至15公里，是一条狭长的滨海平原。

从燕秦汉的早期开发，到明清时代的战略争夺，再到近代的战争与经济发展，辽西走廊始终是连接华北与东北的关键纽带。

长白深处原始林

我曾去过一些原始森林，但都没有在长白山深处见到的原始森林更令人惊叹。

不仅惊叹于它的原始，还惊叹于它的奇美；它的托云拥水，花木并茂；它的处处飞瀑，溅珠迸玉；它的诗一般意境，童话般的世界。

从外面看，它便不同于一般的自然保护区。它像一座深幽难测的迷宫。攀登时，如同背负着一个难解的谜，向深层探进。它当然没有华山的险峻和泰山的雄伟，却比它们要古奥神秘得多。我在这里没有见到其他名山拥有的寺庙，更没有僧尼。任何来客到这里，都不为求签问卜，其实是拜谒原始的山水，每每到此都引起由衷的欣幸。

这里的许多树木都从石头上长出。那木质，竟然撑裂了石面。有一块巨石，我数了数，竟被树桩劈裂成十几瓣，看上去活像一朵硕大的石花。由此可见生命的强烈冲击力——要么就是出生，要么就是窒息！对比石头，树木通常被视为弱者，然而在这里，弱者却制服了强者。

在这里，几乎有树就有藤，而藤也爱和树相伴。它对它不仅是缠绕，而是深深地嵌在树里，成为难解难分的同一个生命，很难说究竟谁借助着谁。它们任何一方都没有海誓山盟的宣言，亿万年间都那么无声无息。在这里，除非雷火焚毁，否

则彼此永不分离。这里的一切，都按照大自然的发展规律自在生存，平等相处。

这里的生命族群最少受到干扰，更没有受到破坏。更自然也更协调，舒展地发挥着它们与风雷施暴抗争的能力。它们更适应客观环境，练就一身从容应变游刃有余的真本领。这也许就是它生命力如此顽强、如此绵长的奥秘吧。

我继续向高处攀登。突然，在一片片石壁上，发现一挂挂

的树根几乎整个儿裸露着，上面的树冠却依然硕大而茂绿。这裸露着的树根垂挂下来，使我联想到我们始祖的披发。他们当日是否就是从这里走出森林，下到平川的呢？记得前些年有所谓“寻根”之说，其实何必苦苦追寻，真正伟大的根从来就是裸露着的，就在这林隙洒下的阳光里，最普通而又最神圣。

越往深处走就越有新的发现。以往寻古探幽多是先人的活动遗址和他们创造的人文景观。眼前所见，不仅古老得无可比拟，而且每个都是有生命力的实体。可见，过去的并不都是死亡了的，也并不都是僵化了的。相反，它们异常顽强，异常悠久的生命力足以给我们以有益的启示。

归来的路上我在想：未来，这里的交通条件定会改善，那时更多的游客将纷至沓来。但愿在大力开发的同时又能善于保护，使这里的原始森林只能供人观赏和研究，而不致受到人为的侵扰。

最古老的与最新兴的应能并存于神州大地，同样可以成为我们中华民族的骄傲。

绿色的士兵

一种神奇的魅力吸引着我，走进迷阵一般的林带中。说是林带，其实是肉眼穿不透的栅栏。置身其中，我恍似在另一个超脱的世界，整个心灵都得到忘我的净化。

我仰视被细细分割了的天空，太阳的目光从枝隙缝中穿下来，在林中空地上织成一张金色的网。我想看它网了什么，哦，网起了雨后的鲜蘑、淡淡的花香。我惊异于这里一切生物的顽强生命力，它们只能分得极其有限的光照和水分，却不择条件，战胜了娇弱，并不比一望无际旷野里的花草长势差多少！

这里，表面上最普通的现象，细察都是一个个充满诗意的谜。这些树都是谁栽植的？他们姓甚名谁？每棵树上都没有标牌，每棵树都几乎一般粗细，也没有各自的鲜明特征。从表面上看，它们也许只有共性而无个性。但我总觉得，凡是有强劲生命力的活物都是有灵性的。只不过，它们没有身份的贵贱区别罢了。可也许，正因为它们没有贵贱之分，树株才长得如此茁壮，林带大家庭才如此兴旺。千株万条，在大地深处根根相连，好像血脉交融，伸向四面八方。

晚上，我宿在护林员的木屋里。这木屋，不是常在电影中看到的那样矮墩墩的模样，而是高房耸顶，小阁楼上还有窗口可以向外瞭望。窗外，恰好有一独枝，伸展摇曳在小窗口。恍惚间，我似觉这微卷的叶片就是护林人的耳朵，谛听春风的喧嚣、沙的蹄声。这时，整个林带都动员起来，枝叶发挥出最大的能量，那唰啦啦的声响，就像紧急摇动的警铃。

护林员提示我："没事儿，歇着吧。"

我躺下来，但没有睡。我似乎听见风在林带外面打旋，沙也进退迟疑。对它们来说，此处显然不是可以肆意逞威的境地。也许，它们终于发现这里又添了一道新的长城，虽然没有嘉峪关，也没有雁门关，但在这枝叶的堞楼上却有无数绿色的士兵，捍卫着大气的清新。

第二天早晨起来，从林带上空飞过一对白鹤，引得我和守林人谈论起什么动物最长寿的话题。因为我小时候便听老辈说：龟和鹤是长寿者，后来从书本上又知道大象也能与人的寿命一比短长。但想不到守林人却说："最长寿的还是人，人能创造，一代接一代地创造。树，就是人的生命的接续。有的树活得最长久，你听说过吗？现在留下来的不但有唐松汉柏，还有周柏和商代的古银杏树哩。我老是觉得，这就好比当初栽它们的人还活着。"

想不到眼前这位其貌平平的中年人，竟有如此丰富的想象力，说出这样富有哲理意味的话来。还真是呢，人们植树，不仅是为了有益于生活环境的改善，为当代和后世造福，还是一种生命延续的象征呢。

哦，秋天的树叶落了，而枝条却还活着，那不就是长寿者的须发？尤其是春天，芽苞上的露珠晶莹，那不就是后继者的灵魂在闪光……

弓长岭

弓长岭铁矿——我国钢都的重要原料基地。这里有着古老美丽的传说、辛酸悲壮的过去和灿若星辰的今天。

还在我童年时，我就听说过“弓长岭”这个名字。闯关东的乡亲们向我讲述弓长岭地名的由来，曾引起种种童稚的遐想。那时人们说，弓长岭只有弓，而没有弦。这是因为有一位

勇武正直的天将，不满上天的种种不平，愤然出走。玉帝遣将追赶，双方血战于南天门外。当这位寡不敌众的天将只剩下最后一支箭时，他瞄准了玉帝首将的咽喉，但因用力过猛，拉断了弓弦，只好慨叹一声，掷弓于地下，自身化作春雷，驰向天边，不知所终。这样，就在关东大地上，留下了一条没有弦的“弓长岭”。

神话传说当然不能成为严格的生活现实，但它间接反映了我们祖先对自然和社会现象的解释，寄寓着他们的爱憎情感。

千百年来，弓长岭这张弓，确也没有配上张拉如意的好弦。这一带铁矿的发现和开采可以追溯到唐代，附近饱含磁铁的岩石上，就有薛仁贵“抖衣处”的传说。而明清以来开采的遗迹，又无不渗透着人民的辛酸血泪。在十九世纪末，当列强早已镶上钢铁的利齿，洗劫着我们中华的河山和手无寸铁的居民，这里的冶铁风箱还在唱着中世纪的歌调。稍后，就是日本帝国主义者的侵略和霸占，留下了“千人沟”“万人坑”里不屈的白骨。直到一九四八年东北解放时，这里岭坡上除了瑟瑟于秋风中的枯草，便是仅存的零落孑立的高粱。总之，弓长岭在相当长的年月里，弓还是弓，但无好弦与之匹配。

中华人民共和国成立了，冶金战线的勇士们这才有了劲弦。这弦，不是丝弦，也不是牛筋弦，而是威力强大的革命精神和高效能的科技手段。勇士们拈弓搭箭，把源源不断的矿岩运至选矿厂，经过选矿和烧结处理投入熊熊的高炉。

弓长岭没有让他的儿女们的汗珠空洒，不仅生产继续发展，而且矿粮并举。平山开荒，人工降雨。夏泛绿海，秋叠金山。梯田绕带，百菜吐香。金帅苹果、南果梨，枝实累累。望岭前，牛羊成群；看坡后，肥猪满圈。

至此，弓长岭成了名副其实、当之无愧的弓长岭。弓长岭这张“弓”不是从天上掉下来的，是大自然亿万年风化而成；这好“弦”却是人工镶配。

弓长岭啊，弓长岭，你坚如硬弓强箭，粗豪如爆破的雷声。你又似岩体巨石，需要能工巧匠对你精细刻镂。冶金战线的勇士们，就是这样粗细兼能的巧匠啊！那位掷弓远去的天将，只存在于人们的传说之中。而当今的掌弓勇士，则活跃在电铲的操作台上，映印在载重越野车驾驶楼的窗玻璃上，笑在我们钦羡的目光中……

江上鱼世界

一年秋天，我参加了一个采风团去东北黑龙江省佳木斯市，意外地发现了一个真正的鱼世界不在海上而在江上。我从来没见过这么多鱼——可以说遍地是鱼，处处是鱼。

鱼博物馆悬挂着的鲤鱼大都长约一米，迎门陈列着的一条特大鲤鱼则更为惊人。如果不是亲眼所见，我很难相信有如此巨型的鱼。平时在餐馆里吃的鱼，大者也有一二十斤之重。至于生活在海水和江水中著名的大马哈鱼，在这里也大小不等，看着真有点眼花缭乱。

同江是我国人口较少的少数民族之一的赫哲族同胞的聚居地，有的村镇绝大多数人都是赫哲族，大都以渔业为生，生活水平较过去有大幅提升。他们不仅饭食中缺不了鱼，就连生活用具与鱼骨鱼皮也密不可分。尤其使我感到神奇的是，赫哲族人最讲究的衣服都是用鱼皮制作而成，其中包括鱼皮上衣和裤子，还有小孩儿的鱼皮鞋，都做得相当精致。就连缝制衣裤的线绳也是拿鱼皮捻成的，又细又匀，真是不可思议。

这类创造当然不是短时间形成的，至少是几百年乃至上千年逐步实践精益求精的结果。赫哲族人中直到现当代才有学者和教授这样的人物出现，而在清朝以前的科举时代，他们没有机会去考试获取功名。但如果以宏观的眼光来看，这个人数很少的民族，其独创的文明从某种意义上说并不啻于"状元及第"。他们经过世代改进的鱼叉以及叉鱼的效率，使亲历者无不惊叹，谁能说他们没有拿到罕有的第一？

可以这样说，赫哲族人的一柄鱼叉，将千年的大江历史串起。从我国周代开始，有史籍记载的肃慎、挹娄、勿吉、靺鞨、女真先后登场，无论他们如何演变，也无论他们后来转移哪里，都曾经与这个鱼的世界有着千丝万缕的关系。

那天，我们在乌苏里江乘船缓行，东道主招待我们吃了一顿纯粹的鱼宴。座位傍着江面，很自然地就要观赏江上胜景，市列珠玑。忽然，平静的江面扑通一声，一条大家伙纵身腾起，旋又扑跌水中，但余波长时未能平息。东道主指点着说："这是一条特大的独来独往的鱼，少说也有七八百斤，在江中至少生活了十年。"这的确是我生平第一次听到的有关鱼的奇闻，恍然觉得这里前后左右都是鱼的活动天地，甚至我乘坐的这条船也是鱼世界的一个组成部分。到这时候，我又觉得吃鱼反而不如品味这难得一见的鱼世界。

在我过去的理解中，黑龙江东北角的三江大地主要是个大

粮仓，是我国主要的粮食生产基地之一。而现在，我觉得那里也是一个鱼世界，真是鱼据地生辉，地因鱼崛起。船即将抵岸时，我猛一抬头，视线锁定在船上挂着的一张地图上。三江地区东北角多像一个巨大的鱼嘴。多少年来，它经历着历史的风雨！鱼世界是不凡的世界，这三江大地之角就是一尊神鱼！

写在卧龙脊背上

提起笔来，我多少有点惶悚：据说冰城的主人们愿意称他们的城市为“夏都”，而不喜欢那个老称号“冰城”。

但我来到这座城市时，恰恰又是冬令，而不是夏天。我所感受到的也恰恰是冬日的情景，是严寒中人们焕发出来的精神，丝毫未感到那种冰天雪地一片萧索的颓然景象。

走到江边，我的眼前是一条银色的卧龙。真的，松花江绝没有冻僵，我觉得它只是奔忙后的暂时休眠。在休眠时，它也没有半点轻松。三尺冰壳之上，是万众的欢乐——溜冰场、冬泳池、马车和冰帆，简直就是一个冰上的海陆空大演习！

我徜徉在“冰上长城”的门口，下意识地跺跺脚，冰盖很坚实，但也似有隐隐的“訇訇”的声响。我知道：就在这三尺冰壳下面，仍有一腔温存的爱的暖流在暗涌，无声地却是毫不含糊地向下游预告：来年，银色的卧龙将有一个更灿烂的飞腾！

我确信。

从冰上的沸腾气氛中，从人们自信的笑容里，从冰帆驭手紧拽的手劲上，我都体察到他们能够干出什么样的事业。他们都是些很讲信义的人——既然冰龙给了他们会心的欢乐，他们就必能将这欢乐酿成良酒，转化为力量，在来春以新的业绩回敬这条奔腾进取的江龙，为它增添更耀目的光彩。

然而，即使在现在，人们也不满足于隔冰感受卧龙的脉搏。他们别出心裁地试图与卧龙对话，同它一比胆量。当我乘狗拉爬犁向西划去，又一个景观出现在眼前——厚厚的人墙围拢着，悦耳的水声和一片雀跃声从人墙内飞出，当然它是一个绝妙的去处。

我有些不礼貌地扒拉着人墙的缝隙挤了进去，原来是人们冬泳的所在地。就在这水池中，浸泡着人间一切的怯懦。冬泳健儿们一个个地跳进去，水花一次次地翻身，化为一种神奇的力量。眼前明明是水，可我却联想起工厂的淬火池，是真钢，就得在这里经受锻炼和考验！

我怀着一种好奇心跟进他们的更衣室。只见每一个脚板落地，冰雪地上都是一个湿印儿，好像在卧龙的脊背上打上一个不记名的戳记。我力图在他们的脸上寻找难色，看到他们身子是不是在打寒战，然而，一丝儿也没有。我却不因此而感到失望，是由衷的欣慰。他们来此不是为耍花架子，他们是名副其实、彻头彻尾的冰城健将。他们中有工人、职员，也有“书生”，但绝非弱不禁风，而是偏要经风斗寒的倔家伙。不只是中青年，也有华发老者。年龄在这里只是额上皱纹的代名词，心理因素和机体素质全都如弹簧般充满活力！

“是不是关东汉子天生抗冷？”我问。他们笑着微微摇头。

“还是有什么特异功能？”我深知这问话更幼稚。他们摇摇头，笑得更厉害了。

从他们的笑声中，我深深悟出：他们既不为炫耀抗冷，更不是凭借什么特异功能，只是以在冰池击水宣告：中国这里有个叫“意志”的东西，这个东西能够使骨头更硬，经受得住任何强大的压力！

直到下午三四点钟，江上的一切才渐渐沉寂下来。冬日老阳落得早，但余晖仍透过云隙拂在冰面，像一位隐去的仙子拖着她的金纱裙裾不忍即离。我和同伴们漫步江边。这里别有一种异域情调——那俄式的小房子，那在结了一层薄冰的水泥路上打滑的穿红羊皮靴的小姑娘，更令我神往的是那一串串的树挂，通体纯白，毫无杂质地在大树枝丫高挑伸展。它们很安静，也很温存。观其神韵，知其体性：高挑的，不为卖弄；深藏的，也不为待价而沽。

我惊讶于这树挂的纯美，相信它是大自然中难得的极致。在它面前，任何比喻似乎都是蹩脚的。白玉兰？玉簪花？还是……都不恰当。也许只有南海深处的珊瑚树可以比拟，但也地处南北，性格有异。那么，树挂就是树挂，松花江畔的树挂就是松花江畔的树挂，它自有它独特的风姿神韵。至于它是怎样形成的，诗人说是日精月华，天公地母凝结的汗珠。我却觉得它紧傍江边，还是与那冰体卧龙息息相关。好像是奔忙了将近一年的松江龙，秋末冬初到达这里时已气喘吁吁，不觉将喷吐的蒸汽飞沫溅上岸边树枝，一夜朔风，顿然凝结，天明装点成两岸银色世界，成为卧龙给人们另一宗无偿的馈赠，也构成冬日冰城景观的一个重要组成部分。一个不是人工雕琢、格调高雅的组成部分。

预计来春，卧龙恢复它全部活力的时候，这千万株江畔树枝上的树挂必将受到它的撼动。一夜春风，尽皆消融，化为点点甘霖，将半天春雨洒向江心，还归它的本体。化纤细为雄豪，变静态为奔腾，牺牲小我原形，汇流于大我的原形，从来义无反顾。

江上卧龙也时有变迁：或静或动，或冷或暖，或隐伏深沉，或振足展翼，或人工增彩，或自然成趣。但万变不离其宗，曰：为奉献而甘于负重。

幸会五大连池

我对五大连池，可谓心仪久矣。早就知道它是“中国旅游胜地四十佳”之一，而且在东北三省还是唯一的一处。

及至抵达五大连池风景区，不禁一怔：这就是五大连池？走近那山那海，举目乌油油一片，真似进了沥青工地。黑的“石龙”匍匐，黑的“石海”凝波，在“石海”中一个凸起的高处，还有一只昂立的乌鸡……不过，黑得并不可厌，更不可怕，反而有一种非同凡俗的气质，绝不轻佻的凝重。

那神池圣水，多少患皮肤病或其他顽疾的人不远千里而来。或洗浴，或浸泡，经过一段时间，便渐渐康复。

个中奥秘何在？是因为当年的火山勃然大怒，岩浆破石蹿出。最壮观的也最酷烈，最酷烈的也最温柔。凡有非同一般的成因，必有不同俗常的美丽。岩浆宣泄后倏然定格，其残余由后人啜吸。

但火山喷发却是不计后果的，无论是给人带来灾祸还是福分全不顾及。据当地向导向我介绍：这里的火山群由新、老两期火山构成。其中药泉山、卧虎山、笔架山、小孤山、莫拉布等山喷发于万年之前，为老期火山，现在多呈平顶圆锥形，已被森林植被覆盖。而老黑山、火烧山喷发于十八世纪前期，为最新期火山，熔岩流由北向南，呈带状分布，延伸达六十余平方公里。所谓“石龙”，形象地表明了熔岩当时的走向与轨迹，是胜过任何文字记述的真实写照。我问向导：“当时喷发

与漫溢过程中，对人畜及其他造成的危害如何？”他微笑摇头：“可能会有，但估计当时这一带人烟稀少，也许造成的危害不大。”

但愿是这样的。不过我想：许多事情都有正反两面，火山熔岩也是如此。纵然当时人们惊恐万状，而两百多年后，今天的人们却在享受火山暴怒而造成的“成果”。当人们得益于“神泉”浸泡而眼见顽疾的减轻，有谁还会去想此地的先人那种狼狈与凄苦呢？

我正想间，已开始向主峰攀登了。这些年来，我登过我国东西南北乃至国外的许多山峰，但还从没涉足过眼前这火山岩地貌。此山虽不算高，但据说海拔也有五百多米；坡度虽不算大，但也绝不平缓。奇特的一点是：脚底踏着的全是蜂窝状的黑石。说来也怪，登此山脚下不必担心路滑，除了石质不平外，还有一种黏性感觉，每挪一步都能牢牢地抓住脚板，端的是“放心路”。

攀至最高处，整个五大连池风景区一览无余。耸立处如僧帽落地，开阔处似珠帘舒卷，青苍之极凛凛森森，娇柔之姿又羞羞怯怯。还真够得上多姿多彩，并不单调呢。那风也别有滋味，清凉却不侵骨，甜润又不腻人。谁说风雨无性情，连味道和感觉其实也不一样。

在益身园（北饮泉）和长寿园（南饮泉）喝到了免费供应的矿泉水，滤清了整个身心。这泉水的味道，是我有生以来品尝到的最特别的味道。是有点苦，有点酸，还是有点咸？都不确切，难以形容。

笔架山谜样奇观

我第一次去东北便结识了使我触目惊羡的名胜千山。后来我重访东北，更进一步领略了关外大自然的真髓。原来我们伟大祖国的一隅，竟有这么多气势不凡、别具风韵的胜迹。以锦州西海岸来说，佳景便使我目不暇接。且不论向空挥刃的砍刀石，也不说俯身吻地的象鼻山，单道这里的笔架山，就是一个难以重复的谜样的奇观。

自锦州市沿京沈公路驱车至西海口，便可看见东南海面上有一兀立的海岛，宛若蓝天碧海之间的一颗绿宝石。望去秀草如毡，亭台托云，幻象迷离，诱人追寻。稍稍走近，便见通向这座岛的海面上，有一条若隐若现的沙带，目测约有三里来长，就像传说中神龙的脊背。浪花的泡沫在“龙背”上滚来滚去，仿佛是好意地戏弄。一会儿宁静了，露出水面的部分也渐渐隐没，只能从浅黄的颜色上辨出这里有异于别处。我有点失望了，深以此来不能登上笔架山岛为憾。同行的一位当地人却胸有成竹，宽慰我说："没事儿，咱们先在车上休息一会儿，吃点东西，下午还会露出来的。"

我没有理由不信，便沉下心来。挨到下午，忽然，"龙背"再次晃动，沙带渐次露出水面，水色也越来越浅。这时，有位中学教师带领她的十几名学生踏上"龙背"，赤脚蹚水而过。我吃惊地叫出："学生！……危险！"同行人却道："没事儿，越走路越宽！"

果然，当师生们走到半截，海水已完全从沙带上向两侧退下，现出了一条连接山岛和岸边的纽带。

同行人这才对我揭开谜底："这就是有名的天桥！"

这下好了，我们也开始沿"天桥"登山。奇怪，刚才还是水漫其顶，一霎儿却沙粒干松，好像人力挤过一般。我问："这是人工垒成的？"

"不，完全是天然。据说是……"

同行人的话音未了，走在前面的师生们已然跨上山门。我内心顿生愧疚，恍惚间觉得这条路是孩子们踏出来的，我反而成了后继者。追吧，也便加快了脚步。

"传说是两位九天仙女为给人类造福，特地下凡一夜间建成的。"同行人认真地介绍着"天桥"的起源。

我们登上了山顶，俯瞰来时通过的"天桥"，沙带上反射着下午的阳光，每颗沙粒都像耀目的细珠。我觉得，单就这条变幻迷离的"天桥"来说，就是一个罕见的极致，就不虚此行。但它是怎样形成的呢？

我猜想，它是不是在若干年前，有那么一些人不忍眼睁睁看着岸边的人不能顺利登上山岛，便不惜心力和汗水，经过艰辛的劳动，建造了这条沙带。但他们事成后又不愿留名，年代久远，人们便不知这“天桥”当初为谁所造，于是传为天赐的神话……

我猜想，是不是流沙也有疲倦时，它们被风卷到此处，躲在海岛背后歇歇脚，由于慵懒贪睡，一觉而至今天……

我猜想，是不是海浪也会相扑，它们都想保持自己深广的空间，便自动刮净水底的沉沙，你推我搡，各不相让，最后把沙挤成一溜，隆起水面上下，化为两个海区水族的停火分界线，也未可知……

我再一次凝望来时通过的沙带。“天桥”托着我们到达希望的制高点，而我们只有把自己的脚印一个个地、不间断地烙在它的上面，才能有资格领略到岛上的极致和它周围的胜景。

“天桥”的形成是耐人猜想的，最后的结论应该是天地间万物自身运动的科学产物。正如山下几千米外那小如童鞋般的木船正划破海面，向前挪动，看来是很慢的，却在时时前进。还有那迎风搏击的海鸥，振翅剪破了无形的阻力，赢得了生命的自由空间。

“那边就是葫芦岛！”

我循着同行人手指的方向望去，西南方有一个葫芦形的半岛，蹲伏在细浪泛金的大海之中。它愈静，就愈使人意欲探索这海湾内在的张力。你看那高大的烟囱从山坳中伸出，喷吐着神秘的烟雾，表明这是一个忙碌的港湾。

似乎有必要加个注脚，锦州西海笔架山下的“天桥”也在地面上，而不是架空的。它是一条非同寻常的路，一条不愿露面而又无法不露面的路，一条常被埋没而又终归埋没不了的路。

关东红高粱

高粱晒米的时节，溪涧里的水、路旁小树上的露珠，以至人们的脸颊，都被映红了。

小时候，我家乡的高粱就不少。那时候旱涝不均，肥料短缺，而高粱这庄稼格外皮实。旱天，玉米叶拧成了尖锥儿，而高粱叶儿却在风中甩动泛着油光的绿绸；涝天，连豆稞儿也浸黄了叶瓣，而我们的高粱秆子泡在水里还能照样抽穗！

不过，我们家乡的高粱比起黑龙江的品种可差多了。在我长了几颗牙刚能嚼东西时，就有幸尝到了关东高粱米的美味，那是又烂又艮又香的，吃了以后肚子里也熨帖。我刚刚懂事，“关东山”的概念大半就是与高粱联系在一起的：

我的家在东北松花江上，

那里有森林煤矿，

还有那满山遍野的大豆高粱！

前几年我头一次到黑龙江，正赶上满山遍野高粱晒米的季节，风势推摇，高粱穗像一个个预报丰收的鼓槌，敲出了引人心醉的声韵。风携清香灌进了车窗，还把无色的细粉悄然洒进我的领口。我意识到了，然而我没有拂落它。我以欣慰的心情接受它的赐予，而视为主人迎接远方来客的深情厚谊。

我打小是看惯了高粱地的，但我还未曾见到这般举目无涯的泛红的浪头，当日算是开眼了。不知怎么，当风静穗凝时，我仿佛觉得这大片高粱地就像一铺大炕，你就是平卧在上面，那密实的穗头，健壮的稞秆，也能支撑得住，使你感到像在自己家里一样温暖。我的这种联想并不是没有来由的。小时候，父亲从黑龙江回来，晚饭后没事儿常对我们说："关东山的火炕盘得很大，常常是贯通了整个屋子，占了一半多的面积。外乡的行路人如果赶上不巧，找不着客店，便只好到老乡家里投宿，当地的老乡总是慨然允诺。炕大，有的是歇息的地方。高粱米，请吃，住个三天两日自管抹抹嘴就走，不收你饭钱。”每当我们听到父亲讲到这儿，嘴皮一发贱，好打岔儿：“也许是那边地多粮食多，人家不在乎。”父亲一瞪眼：“啥？不在乎?！是人家心肠热火，为人实在！”

多好的一个“热火”，多响亮的一个“实在”！就像眼前这漫山遍野正在晒米的红高粱一样。

它那么红，皆因镀染了太阳的光泽；它那么实诚，皆因吸饱了黑土地丰足的养分。我目睹了这样的庄稼，也结识过这样的人。我参军时，有一个比我大一两岁的“大孩子”，叫小于，面颊黑红，像熟透的高粱穗，手脚都特别大。一口的东北口音，爱跟我唠嗑。他生在黑龙江省，后来随父母回到山东老家，是他爹妈亲自送他参军的。我羡慕他健康的肤色，壮实的身子骨儿。他常眯缝着眼睛憨笑着说：“我妈说我就是缺点心眼儿。”但我觉得他纯朴得格外叫人喜爱。后来他参加了抗美援朝战争，再后来，在一次英模会上，我又看见了他，他笑得仍是那么憨，那么纯朴。

看来，这个从高粱稞里钻出来的小红脸汉，纯朴与机智是并行不悖的。

每当我看到红高粱，便想起他来。当我一踏上黑龙江的大地，我老爱注视那晒米的高粱丛，总想他会从这里面钻出来，也披着两肩细粉，脸颊还和熟透的穗头那股黑红。我想只要碰见他，他一定会把我拽到他家里去做客，我也绝不会谢绝的。但我要先申明不要准备鸡鸭鱼肉，只要那焖得烂烂的高粱米饭，如果有可能，再辅以去壳的苞米糙子粥，我便心满意足了……

后来，我又一次出关到了红高粱之乡。这次因季节早，高粱还没有蹿起来，遍地都是二尺来高的长势泼辣的苗株。行距规整，像打了线似的；修锄得也干净，好像这片土地上除了良苗以外寸草不生。后来我才看出，前来整地理苗的新一代庄稼人都是红脸俊眉的汉子、装束鲜艳的姑娘和媳妇。不用细问就知道他们手那么巧，把地种得就像绣花那么细致，心思集中得连火车鸣笛也不扭头旁顾。他们一路锄着，离路边越来越远，只把那崭新的自行车留在地头上，车圈在阳光下闪着银光，有的车轮上还装点着红绿黄各色绒圈儿。

我理解他们的心愿：眼下是希望这大片高粱越绿越好，而他们最终是希望它们变红。绿得越鲜活，红得越出色。他们把全部心力都用在促使这种转化的过程中。他们比往昔种高粱的汉子更富有智慧和头脑，种地已不再是那种粗放式的了，但他们的神情还是那么纯朴，这纯朴正是体现着内心追求的执着，对更大丰收和实现未来目标的毫不怀疑。

这里没有废墟

我看过几段修整得很好的长城，八达岭、黄崖关以及“天下第一关”附近的那一段，印象自然都是上佳的。我也看到过完全倾圮，只剩下一长溜堆放的砖石卧在原地那样的长城。要问印象如何，我觉得也很好，也是长城的一种形态。

那是我前去辽东宽甸，在它附近的群山中有幸看到了历经岁月沧桑风雨剥蚀的明长城原貌。我说是“有幸”，确是我当时的心情。因为假如随着旅游事业的发展，各地各段长城都修葺一新，妙则妙矣，但岁月的折损已不能见，数百年以及千余年历史的浮沉亦全被掩饰，从某个角度来看也未必都是益处。而我却在偶然的机遇下看到了倾圮已久、未经整修的这段长城。

当时，我登上那蜿蜒的山脊，触目是堆放的砖石，静静地、无声地全无知觉，好像早就喘息已定，自知它结束了曾经承担的使命，功过荣辱全由后人评定。我记得当时的感觉也颇安适，并无满目苍凉之感，更无怆然涕下诗人型的忧伤。只在那被雨水洗过无数次非常干净的巨石上坐了良久，就手边拔了一丛紫色的野花，请同行者留了影。一切都很正常，一切都很自然，山形、地貌、人的心绪，一切都很和谐。

宏观而言，长城只是人类文明珍贵的遗迹，我们祖先伟大创造永恒的纪念，但那毕竟属于过去，属于兴衰更迭的过去；而今，它除了仍有凭借辨识的意义，更有重要的观赏游览的

价值。

既为辨识，当然应识其全貌。如果说，经过整修的八达岭、慕田峪、黄崖关等段乃是长城盛时的原封面貌，那么上面说的那段长城则是岁月暗流悄然冲刷的痕迹，同样也是一种真实，一种见证，一种不必恢复原貌却能辨识全部发展历程的见证。

稍感遗憾的是，这段长城附近异常清寂冷落，只有鸟雀的鸣啭，极少车辆的噪叫。其实，既为旅游观赏者，喜看八达

岭、慕田峪、黄崖关的烜赫势派固是可以理解的，但如交通条件允许，看看这段倾圮的长城岂不也是一种见识？或许在某种意义上说，还是更深刻的见识呢。

所以，辽东宽甸这段北城，完全不必因形窳陋而自惭形秽。因为，倾圮的段落与没有全毁的以至经过整修的段落一样，早已失去了阻挡敌害的作用。我们强大的祖国已拥有足备的防御手段。何况，长城早已不是我们的边塞，而是广袤国土中间的一条历史装饰带。

我站在这段倾圮的长城上，犹如站在新旧时代自然冲击的突破口，而不是置身于废墟上。

这里没有废墟。

名城华彩

“五彩城”闻名久矣！我在电视屏幕上也曾初瞻它的风采。在大连金州区炮台山的两侧，我终于实现了与它不倦的对话。

我推想当日它作为山坡农田，也是五彩斑斓的，不过那只是高粱、金谷、海浪、青菜、眉豆花的红、黄、白、绿、紫的五彩纷呈的自然世界。而今，它则是金龙的腾展，银帆的驰骋，翠亭的矗立，壁画的竞姿，加以气质高雅的甜笑，构成了开放年月“五彩城”的现代化格局。

我漫步在五彩城的街道上，那栉比的楼房、井然的铺面，全是崭新的，没有一个陈旧的角落。时间在这里被汗水溶解，又为高科技高效率精度浓缩。这种奇异的化合过程，使外地来客无不对这市中之市、城中之城叹为观止。我不由得忆起一九四九年行军途中路过一些号称大城市的街道，那满目疮痍、规模蹙狭的状貌，便更加对中华人民共和国成立七十多年以来，尤其是近十几年来的巨大变化而自豪。满足于这种进展固然过于保守，但不充分估量这种变化也是视翳障目、远悖事实的。

就在我的脚下，这空负其名的“炮台山”，清末虽设置火炮，但在敌寇入侵的甲午战争中，未发挥任何实战效能便偃旗息鼓而已矣！而今，固有外商纷至，洋技沓来，但前提在于我自立自强，以有利于繁荣我社会主义经济为着眼点。主权在我，山河增色。友好之花方能盛开于炮台山上。

登鸡冠山沉思

我在一九七七年和一九九二年两次去旅顺口，都登上鸡冠山看了几十年前日俄战争中最激烈的战场。那残破堡垒，那横七竖八的壕沟，那被打得一塌糊涂的掩蔽部，那不吭一声、自惭形秽的昔日的炮台……基本上都罗列在那里，没有修整，也没有进一步毁坏。

我站在这变了形的鸡冠山上，向南眺望海口，碧波熔金，烟雾轻笼，寂然无哗。向北看去，是一马平川的开阔地。

我知道，在这小小的旅顺口，人口并不密集的地方，曾经几度生灵涂炭。一向守身如玉的白玉山，惨白的颜面上也无端溅上过点点血花！

几十年过去了，开阔地上的麦垄井然。这一切寂静无声，好像过去多少年什么事也没有发生。但我耳畔仿佛隐隐听到杨靖宇、赵一曼等志士的声音在提醒我们的民族：无论在什么时候，都不要伸长脖颈任人宰割。

过去的毕竟已经过去，留下遗迹也好，曾经羞辱也罢，幸喜今日鸡冠山已一洗陈污，重现自信。当我下山时，初冬暮色早笼，山下市街霓虹灯喷出一片片彩霞。雪下得越来越大，雪片簌簌飘落。我款步而下，不顾脚下路滑，雪中反多了几分舒畅。

一队海军战士自山下大路走过。我忽生奇想：裁下一段瑞雪作为披肩，装点人民海军，定能更添几分潇洒！

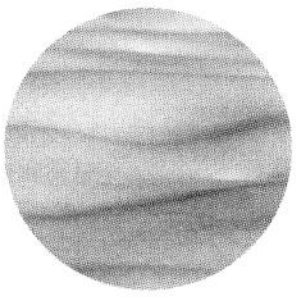

之二 城地之光

无愧于昨日亦无愧明天

我不是沈阳人，但离此不远。

在我记事时，一个地名就挂在大人嘴边。

只一海之隔，乡亲们乘上火轮轮船，

跨上大连，就是奉天。

多少叔叔大伯在那里做工经商，

口音变了，性情却基本没变。

豪爽大方，火烈烈把我感染，

音书时续时断，梦萦魂牵……

高粱红时，一张捷报飞来。

“我军攻克沈阳，东北全境解放。”

稍后我也作为一名小兵，加入南下行列，

与四野战士，相会在扬子江边。

我与沈阳格外亲近，只因为——

乡亲们为建设工业基地流过血汗。

人说亲情之间异地也有感应。

我不是沈阳籍，却与它共着血缘。

千里之外，我曾为沈阳感到自豪——

抗美援朝，它是钢铁运输线的起点；

冬去春来，我常为沈阳而欣慰——

“重机”与“小拖”把工农业大任担在双肩。

今天，当人们静夜里回顾过去，

在一百个不能忘记中，就应有一个是沈阳。

如同不能忘记捐献飞机、大炮时孩子手中的五分钱，

如同不能忘记至今尚在的老劳模掌上的厚茧。

时光流逝，半个世纪瞬息而过，

太子河永不干涸，火星就不会凋落。

虔诚的沈阳喜爱反思，不论是不是自己的过错；

厚重的沈阳充满自信，与时俱进志不可夺。

沈阳人敢于打破难以改变的怪圈，

硬是在大工业城市上空开出一片湛蓝。

沈阳本身就是一部辉煌的史诗，

这史诗很长，至少应从“乐郊城”开篇；

这史诗很重，就像新老工业基地指挥者的沉思；

这史诗很美，就像晨练公园大妈们手中的彩扇。

沈阳很古老，无愧于国家历史文化名城。

但萨尔浒大战、孝庄皇后轶事已随秋风远去，

成为旅游者谈资、学者们无尽的话题。

而即将谱写的沈阳新图，建设者正蘸着灯光奋笔。

由此，我又想起了古老的名字——“奉天”。

焕然一新，春雨将它通身洗遍。

天者，天时也，还有地利与人和。

既然无愧于昨天，定会无愧明天。

天衣无缝，历史与今天幸运对接；

天作之合，理想与机遇喜结良缘；

天经地义，时代的使命和人民的意愿；

天高地厚，知艰难而不畏奋力登攀！

应知，在全球化的今天，

智者的目光如卫星，将五洲阅遍。

沈阳之光向外辐射，世界也瞩目沈阳。

假如沈阳人具有缩地法的魔力，

能将世界的全部精彩集于一点。

那就礼尚往来，敬请全球友善人士，

读一读这部史诗，沈阳昨日的英姿，今日的真颜。

拾遗录

沈阳这座城市的近代史浓缩了中华民族的苦难与抗争。他既是日本侵略中华大地的起始点，又是中国人民抗战精神的发源地；既是旧中国衰败的见证者，又是新中国崛起的基石。这座城市的历史时刻警示着中华儿女“勿忘国耻，振兴中华”。

西露天矿

闻名久矣！

第一次相见——

偌大的聚宝盆。

当时新生的共和国

母亲的双手，

想必紧紧地捧着这

乳汁般的乌金。

我不想考据，

抚顺得名的最早来历。

只想这只乌金曾真正

将共和国万难理顺。

抚顺作为母亲的孝子，

无私地奉献着……

人说西露天矿已近尾声，

最后的离休期迫近。

作为身经百战的老将，

进退去留如春荣冬隐，

可贵的那辉煌的“曾经”！

富强了国家何虑自身“清贫”？

这风格，这精神，

可问人中的无私践行者——

孟泰、马恒昌、焦裕禄、雷锋……相映为证。

拾遗录

抚顺，辽宁东部的工业重镇。二十世纪初，抚顺因煤炭资源被日本殖民者强占开发而成为“东亚第一大煤矿”。这座城市不仅以“煤都”闻名，它更是抗战血火的战场，是雷锋精神的原乡。它以深厚的历史底蕴和英雄辈出的精神谱系向中国现代化进程深沉致敬。

丹东抗美援朝全景画

旋转着，

转得似乎很慢。

时间却不觉过了七十余年。

停战前夕喀秋莎最后的鸣唱，

都转化为鸭绿江轻悠的桨声。

旋转着，

全景画恍似碾盘，

时光被碾得四处流溢。

我至今仍崇敬真正的英雄，

最富激情的诗是决胜的较量，

面对强敌心怯，只能使历史汗颜。

只要不浪费血肉之躯，

纵然残缺也无愧于天。

牵挂

车过鸭绿江，

却不愿它像“飞一样”。[注]

但愿能摸一摸江桥上的伤痕，

至少车速能慢一点。

尽管我频频回头，

却什么都看不见。

非是因为留恋战争，

打仗就是为了争取和平。

而是一心牵挂着他们——

曾把炒面分给我一半的班长；

曾把钢盔戴在我头上的同乡；

曾把最后的知心话托付给我：
“如果我光荣了，你一定代我到我老家看看老娘……”

可是他们都没有，都没有
和我一块儿回来。
甚至就连他们的骸骨，
也跟弹片一起消失。

列车毕竟不能等待，我只能
带回一个个面影，一声声话音；
最后我也只能，
将所有的悬念兑成一个愿望：
再过若干年——哪怕我老了，
再回来看看。

注：本诗写于20世纪50年代。“车过鸭绿江，好像飞一样”是当时一位诗人的诗句。

鞍山烈士纪念塔

一步步地沉重，
一级级地攀上，
深秋树叶也会凋落，
却托住颗颗不死的心脏。

雕像并非一日塑就，
英雄一步步地成长。
在争夺“昭和制钢所”的战斗中，
几进几出才占领一座楼房。

但最后往往是在瞬间，
完成了定格的辉煌。
无名的躯体被岁月掩埋，
精神铸成现代化的鞍钢！

记忆没有距离

龙口，我故乡的一个小港，

小港张开巨大的喉舌，

吞风吐浪，护送机帆与火轮。

从部队首长，

到数万名子弟兵。

趁那星月在云中打盹，

直驱辽东半岛海北近邻。

这是一个特定的紧迫时段，

胜利的先机紧紧地攥在掌心。

把使命融进血液里，

把机密咬在牙缝里，

把危险扛在肩膀上，

把“功劳”揉在空气里……

没有既定的送行仪式，
彼此来不及过多话语谆谆，
我亲自看见送行者许司令员
大手拍着一位将军的后背：
“三年后回来我请你吃羊汤泡煎饼”

三年，三十年，一晃已是八十年。
记忆没有距离，
海浪中还留有录音。
小港龙口亮开历史的歌喉，
啊，胶东，辽东，龙口，旅顺！

炸不烂、打不断的钢铁纽带

已经过去几十年了，江桥的钢架上仍是累累弹痕，分明是飞机上的机关炮打的。我小时候在老家亲历过这种场面。弹头也许并不是很粗，但带着灼热，带着虐狂，能将很厚的钢板戳成一个个不规则的裂洞。桥还在，时不时有火车和运货汽车隆隆荡过，使人自然想起当年那条炸不烂、打不断的钢铁纽带。岁月何其匆匆！

付出了沉重代价，这是毋庸讳言的。就在这座完整的铁桥旁边，原来那座桥只剩下半座，那余下的一半，却成了永难抹去的见证。

鸭绿江水日夜浩荡不息。在丹东这边的江畔公园里，杜鹃花和丁香花竞相开放。杜鹃花艳而不香，其色昭昭，其味深隐。丁香花虽小而香溢四外，质高不在形大，味浓更兼凛正。这两种花品，与这丹东，与这江桥，与这浩浩乎一脉江流相得益彰，互为映衬。花品、人品、地品融合得如此和谐。格高花不媚，水畅江自清。

江对岸静谧而安详。造纸厂的烟囱岸然笔立，厂房栉比。更近处，是一个少儿游乐场，有三五阿姨携引群童，嬉戏于江边。人民终能在废墟上矗立起新的希望，矗立起人间一切美好。

我在当地朋友的引领下溯江东去，去追寻那过去的屈辱与光荣。

我惊奇地看到，辽东的山川地貌是如此不同凡俗。岭不甚高而嵯峨多绿，水不湍急而清澈有鱼。这里的鸭绿江支流水清见底，雾绕似梦幻，有群鱼穿梭，且为名品，令远来生客啧啧称奇。

在宽甸县境，我观瞻了明长城东端遗址和太平站。如果说前者完全属于过去，是一种防御的象征；那么后者则完全属于现在，是为众人奉献的真正福星。为人者，如毕生不能对社会有所贡献当视为浪费；为江流者，如能发电则更见辉煌！

浩浩乎江流，源头为冰雪所融。情操出于洁身，故能一派正气，坦荡自如；净心无私，故能纵身入海，义无反顾，信焉！

难忘辑安

忽然想到鸭绿江的一座小城。站在这个小城的江边，却禁不住要提醒人们一句——不要只记得同属于鸭绿江边大名鼎鼎的安东（今丹东），而忽略了相对低调的辑安（今吉林省集安市）。

七十多年前的那个冬夜，辑安鸭绿江桥上空前忙碌。似乎在人挤人的忙碌中，也很有秩序。部队的番号装在许多人的心中，却极少有人从嘴边溜出。甚至在暗夜里凭口音听出是自己的同乡或熟人，偶尔也会冒出声来：“是大于吧？我是小顾。”若听不到回应，便自觉失口，随后便忙着去追自己的部队。纵然真是同乡或熟人，也只好放弃对话——哪怕很可能是最后一次简单的问候。

走吧，到那边让胜利把我们的双手拴在一起，紧紧地……

无言的桥板和江水清楚，有多少走出去，有多少没有回来。但在当时，江桥全都录下了他们的脚印，浪花在夜色中也一一摄下了他们的面影。

时间虽有绝好的记忆，却也不能将所有的名字记得一清二楚，只知道他们都是出征者，他们名叫志愿军。

从那时起，一年又一年，太久了，有人也许会淡忘历史，但历史却常能被壮烈感动。尽管辑安如今已改为“集安”，而且因其独特的民族发展史被国家核定为中国历史名城之一，但我知道：老战士们都记得它当年的面容。最特别的是有位耄耋老人，常在桥边凝望对面：“瞑目吧，老班长，我已为大娘送终……”

一种承诺，一种守信。“辑安”改名为“集安”，但所有原承担的许诺丝毫未变。有许许多多的人关心的是知名度，但“辑安”乃至集安坚守的是纯朴与真诚。

“是大于吧？我是小顾。”

“你是小顾吗？我就是大于。”

当我最后一次造访“辑安”时，特地选择晚饭后来到江边，依稀听到了如上的这段问答，是真的还是幻听，我不想细辨。

拾遗录

1950年抗美援朝战争爆发后，辑安成为中国人民志愿军入朝三大渡江枢纽之一。它依托鸭绿江铁路桥及临时抢建的14座浮桥和2条铁路便线，累计输送42万名志愿军入朝作战。它以弹丸之地承载五大司令部，它以血肉之躯铸就了国家尊严的界碑。

从杨靖宇密林游记到十万百姓支援前线，这座城市将“英雄”二字刻进了东北地区的每一寸山河。

塔山纪念地

很难说是山，不过是一块隆起的高地，圆圆的，静静的，静得太肃穆，太沉重，就连周围玉米叶上的露珠都停止滚动，村边柳树上的噪蝉也不忍鸣叫。

但又是一座山，一座真正称得上山的山，一个历史的制高点，一个不能用寻常的尺衡量的制高点。

塔山是一个按钮，胜利者的手在这里用力一拨，历史的时针便指向平津、武汉、广州和海南岛。

塔山是一个标志，它说明世间的确有攻不破的堡垒。这堡垒不是用钢骨水泥构筑的，而是由一些为正义事业不怕牺牲的意志浇铸而成。

塔山是一个永恒的记忆。隆隆的炮声可以消逝，而深刻的记忆却长留在一切有良知的人心里，一代代地，总有活着的心。

如今在塔山下的公路两旁，已是店铺林立，市况繁盛，新潮味道渐浓。那些形形色色的服装店，南国发廊，以及“吃得香”“好再来”餐馆里年轻的男女老板们，未必还想着近在咫尺的塔山。但塔山仍日夜护卫着他们。

塔山当日寸草不留，一贫如洗，正是为了日后人们的富裕，而不再吃糠咽菜、衣不蔽体。塔山上安卧的数千英魂，他们慷慨赴死，也并不祈望什么个人报偿，说是“魂”，其实只是象征性的习惯说法，而并非一个实体的存在。

只要每逢节日之夜，塔山阻击战纪念碑上的灯光灿亮，照见周围的景象，他们便足以安慰了。

我步上塔山，没有逢上参观日，陈列馆都没有开，但我已感受到全部气氛，获得整个神韵。

静，更能深思。

拾遗录

塔山位于辽宁省锦州市与葫芦岛市之间的辽西走廊，宽10公里，是战争时期国民党驰援锦州的唯一通道。1948年10月10日—10月15日，东北野战军第4纵队率8万官兵，以“不惜一切代价死守”的命令，顶住了国民党11个师的海陆空进攻。塔山防线的稳固，为辽沈战役胜利奠定了基础，加速了全国解放的进程。

钢城之夜

我从钢城鞍山采风归来，有人问我什么是钢城最出奇的景致？我毫不犹疑地回答：钢城的夜。

钢城的夜是非凡的。如果在白天，尽管你纵览钢城的全貌，所看到的仍是工业城市的共性。而在夜间就不同了，你可以看到白天未曾发现的瑰丽景致，这番奇景，也正是钢城的个性。

刚一触目，我曾产生这样的错觉：整个城市都燃烧起来了。这里有炼焦的烛天火光，有望空喷洒的焰火般的星花……

钢城的中枢就在市中心的那座质朴庄严的大白楼里。现在，它的大部分窗户都是明亮的。特别是一楼中心的那间大会议室，更有四个镀银般的大亮窗户。哦，公司的总调度会议正在召开。从窗外看去，淡蓝色的窗帘闪在窗户的一边，总调度颀长的身影正在指着墙上的“生产工艺流程图”。与会同志想必对它非常熟悉，但个个聚精会神，眉眼间闪现出飞扬的神采。

既来到钢城，就是钢城百万居民中的一员。全城都在忙碌，我们怎能安歇？于是，我们又登上二百多个台阶的烈士山。向导介绍说，在我军解放这座城市的战斗中，残敌退守在这座山头上的地堡群内顽抗。我军发起强攻，英勇的爆破手在攻坚的道路上倒下了，他们未能亲眼看到钢城的黎明……人民为了永远怀念这些英雄，就把纪念塔建在这座山上，命名为“烈士

山”。烈士山旁，是一幢幢的宿舍楼房。夜深了，这里同样还有不少窗户是亮着的。向导说，在这座职工家属占全城人口半数以上的钢城，夜晚宿舍楼里有三多：工人搞技术革新的多；技术人员钻研业务搞发明创造的多；学生聚精会神读书的多。总之都在为攻关而战！是那些攻坚战士征途的继续和新发展。

看来，钢城确是一个以攻坚著称的城市，不论是当年攻取钢骨水泥的山头地堡，还是今日科技生产战线上的攻关，都打

得相当出色。

火与云，星和风，在烈士山上空升腾交辉，迸射嘶鸣。我想，如果明儿一早，再登此山，片片红霞映照的钢城，将会是一幅更加绚丽、更为迷人的图画。

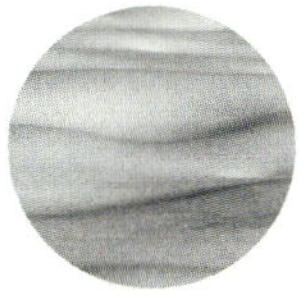

之三

英雄儿女

仰视杨靖宇烈士雕像

他是最孤单的人，

当时，

仗打得只剩下一人一枪，

只有白雪和红松相伴，

但也只是时空的错觉，

其实东北三千万同胞都和他在一起。

只不过此时此地，

他作为他们意志的代表，

一个人宁愿将漫天风雪披在身上，

一个人将白山黑水的苦难都嚼在口里。

他是最饥饿的人，

当时草根和树皮都被吃光，

肚里只有棉袄里的烂棉絮，

他用一个人的绝对饥饿，

减轻相识和不相识的战友饥饿之痛，

更是为了将来永远不再饥饿。

他只有普通男人的身高，

如果他走在哈尔滨或沈阳的闹市里，

除了敌人的密探，一般人不会认出——

他就是日寇悬赏抓捕的杨司令。

可是，他身躯的光影直薄云霄，

连星月都会因之增辉。

虽然，

真正的共产党员不会自我扩张，

更不会为自己打造虚饰的光环。

但正义与真理的光辉本是孪生兄弟。

往往会对历史进行隆重的追认。

也许当事人闻不到鲜花的香味，

但人间正气最喜与他合影。

这时谁又能测量出他的真正身高？

仰视杨靖宇的雕像，

我看见，

四面八方的新鲜空气都向他涌来！

拾遗录

杨靖宇（1905—1940），原名马尚德，中国无产阶级革命家，东北抗日联军创建人和领导人。1936年任东北抗日联军第一路军总司令，率部转战辽吉两省，开辟游击根据地。至1937年，第一路军规模达6000余人。1939年10月至1940年2月，与日伪军交战47次，断粮后以草根、树皮、棉絮充饥。1940年2月23日，在吉林濛江三道崴子被日军包围，身中数弹牺牲，年仅35岁。他以草根棉絮支撑的身躯筑起了中华民族挺立不屈的脊梁。

赵一曼

她从豪门的后花园，

走向灾难深重的关东大地。

不再是县官大人的千金，

驳壳枪深知主人的使命。

挥手向天府之国告别，

是对生养土地的眷恋，

也是与坐享人生的决裂。

面对万恶的日寇，

只能以眼还眼。

最有效的教训方式，

她选择了拂晓的枪声。

枪声会使苟活者战栗，

更会使有志者奋起！

拾遗录

赵一曼（1905—1936），原名李坤泰，又名李一超。四川宜宾人，1926年加入中国共产党。东北抗日联军著名女英雄。1935年11月在与日伪军作战时受伤被俘，在狱中坚贞不屈，最后壮烈牺牲。她的牺牲精神激励了无数后人，成为中华民族不屈抗争的象征。

铁人与石油

油是铁人的唯一嗜好，
油是铁人的终生追求。
不管后来者信与不信，
铁人吃饭时想着油，
睡觉时做梦也是油。

那年月，人们衡量有没有三样东西算最“牛”——
飞鸽牌自行车，燕牌缝纫机，
手表没有进口的，至少是海鸥。

可对铁人而言，“有没有”还是油。
个人有没有其次，国家急需油。
为了这，他忍着胃部剧痛，

毅然跳进泥浆池，精神抖擞。

事过后，二三止痛片入口，

红旗不能倒，铁人作为旗手不能否！

万事有根由，千军有个头；

真相不容污，真金不能丢。

王铁人不是铁做的，

但志胜于铁——信仰与追求。

拾遗录

王进喜（1923—1970），甘肃玉门人，1950年成为新中国第一代石油工人。1960年率队打井19口，与1202钻井队双双创年进尺10万米世界纪录，为大庆油田年产原油1155万吨奠定基础，助力中国1963年实现石油自给。

在大庆油田第二口井突发井喷时，带头跳入水泥浆池，用身体搅拌泥浆制服井喷。房东大娘感叹道：“你真是个铁人啊！”从此名震全国。

王进喜以“老黄牛”自喻，以其凡胎肉体为新中国工业建设之路犁出一片沃土。

雷锋

在中国，一提到抚顺，

就会联想到雷锋那在春天定格的笑容。

如果他还活着，已耄耋之年

可是我们谁都相信——

他永远不老！

他的微笑不老，

他的日记不老，

他生前所做的一切一切，

永远也不会淡出人们的记忆。

三月五日也不会老，

只要人间正气在，

只要人们善良的愿望在，

三月五日就会永葆青春。

三月五日，不是一天的概念，

它是人们行进的路标，

昭示着过去与未来。

这一天良知和良心同在，

想到了它就像见到了雷锋。

每年我们都与他相约，

凡有良心者都不会失约。

一年又一年，一代又一代，

我们呼唤他——雷锋。

无论那声音多轻，

四面八方都有回应。

穿过峭壁，

穿过河流，

直至见到自己，就见到了雷锋。

在中国，一提到抚顺，

就会联想到那经典的、在春天定格的笑容。

“八女投江”颂

这条江，

掩埋了八名烈士，

又涌现出八百名战士。

这条江，

沉落了血肉的躯体，

又升华了凛然不屈的民族精神。

这条江，

损折了八条汉阳造老枪，

又喷吐出千万缕复仇的火焰。

从此，

这条江淡化了原来的名字，

一代代前人对后人指点——

这条江就是“八女投江”。

拾遗录

1938年，日军对东北抗日联军实施“大讨伐”，东北抗联主力部队被迫向西转移。冷云等8名女战士隶属于东北抗联第五军妇女团，随部队在黑龙江省牡丹江市林口县乌斯浑河沿岸遭遇日军围剿。为掩护主力部队突围，8名女战士与日军激战至弹尽粮绝后宁死不屈，集体投江殉国。“八女投江”不仅是抗战史上的悲壮一幕，更是女性在民族存亡关头挺身而出的缩影。

永不飞走的仙鹤

在我的家乡，所谓“仙鹤”指的就是丹顶鹤。

丹顶鹤对我来说并不陌生，在北京动物园里，我见到过成群的鹤类，但那都是人工驯养的，从没见到过它们振翅翱翔。

如今，我终于看到真正的丹顶鹤飞来了，从黑龙江的偏僻地区，鸣唳着，像吟唱着天上的仙乐，衔着深秋的祥云，飞来了，栖落在苏北沿海水草丰美的滩涂。它们要在这里避过故乡

严寒的冬天，尽情体味江淮大地的温暖和爱抚。

来年春回转暖时，它们又将原路返回故地。这是它们的生活本能，也是它们奇异的本领和出于友情使者的信义。

然而，有一只仙鹤永远地不再飞回她的出生地，她永远地留在苏北沿海滩地，以无限的爱恋和深长的遗憾注视着她那些亲密伙伴南来而北返。

她是一个人，一个饲鹤姑娘，但又是一个具有传说中仙鹤那样美好品性和诗样气质的献身者。

她来自丹顶鹤出生地的黑龙江，从学校毕业后志愿来苏北承担起饲鹤的责任。

“我来报到，同丹顶鹤一起来报到。”她微笑着，像海滨空气那般了无纤尘的微笑。

她把这个陌生的地方当成自己的家，吃、住都在这方圆百里中间的简陋的房子里。她经常登高远眺，瞭望塔使她永远不会眼界狭小，纵横交错的水网使她的心田不致干涸，广袤的保护区大地使她不能停息自己的脚步。她绝不孤独，因为有丹顶鹤，还有与她志趣相投、朝夕与共的驯鹤小姐妹，那伸向内地的溪流像血管一样联结着大地母亲的心脏，她的神经也系着全世界关注珍禽兴衰的人们的神经。

但生活却不会总是那么平静，脚下的路不会那么平直，意外的事件偏偏发生了——

有一天，一只丹顶鹤突然失踪，作为驯养员的她，一连三天没有正经吃饭，也没有好好地合眼。这天傍晚，她听见小河对岸的芦苇丛中好像有她熟悉的鹤音。她一阵惊喜，怀抱着希

望，毫不犹豫地把鞋脱在小河这边，告诉她的同伴“我过去了。”她太急了，恨不能一下子把心爱的鹤揽在怀里。

夜幕垂落，大地寂静得出奇，只有风吹芦苇交换着神秘的耳语，云隙的几颗流星沉落在摇曳的河水里。她留在小河这边的鞋子已经冰冷，但人却没有过来。

人们感到事情的蹊跷，到处寻找，失踪的鹤是找到了，但却没有找到育鹤者——过度的疲劳以及被草根扯住了衣服，她竟遭遇不幸！

她才二十刚过，几十米的小河，竟没有游到对岸，生命的途程未免过于短暂，但她的生命并不暗淡。当落日的余晖映照着河面，人们便如同看到她生命的闪光，这辉光几乎是天天可以见到的，她生命的历程也必当在人们的视线中延伸，延长……

她也许没有显赫的功绩，但这里的人们却都记得小徐的名字。因为有了这个名字，苏北海滨大地便成了仙鹤的家乡。在我的心目中，仙鹤也不再是一个虚幻缥缈的形象了。

我离开这里，还看见她殉职前苦苦寻找的丹顶鹤在向我颔首告别。我也向它致意。

终于，它鸣叫起来了，在这寥廓的原野上显得那么清逸，那么悠远……

程砚秋

一年多以来，由于老伴腿脚患病而住康复医院，我大致一周两次乘公交车前去探视叙话。在所乘之563路公交车必经地中，有一站名曰“青龙桥”。偶阅报刊，得知四大名旦之一的程砚秋先生在当年日寇侵占北平后，他便与梅兰芳蓄须明志，同时亦决意不再演出而去西郊青龙桥“农圃”隐居。我幼年时闻知此事，即在内心对梅、程两位不胜敬佩。似此民族气节、崇高人格当为国人之楷模。

说到程派之影响，我想以“一言难尽”概括之（这本是有负面含义的成语，却也不妨拿来用于正面）。

仅举一例：一九四六年，在我故乡炎热时，乡亲三五喜欢晚饭后在村头苇席上坐而纳凉，山南海北奇事珍闻无不涉猎。我也时常加入，听乡亲长者“讲课”。

我家南邻有一穆姓男子，当时年四十余，偶尔也来闲坐。其人虽未念过几年书，字也识得不多，却是村里的头号戏迷。他的话题都是看戏的体会，一开口便滔滔不绝，意兴冲天。

他最醉心回忆当年去我县龙口市看京、津和东北名角前来演出的盛况。港城虽小，但海上交通便利，与大连、营口、天津通航，更不必说烟台，每每有班轮往返。凡是北京去烟台唱戏的名角无不在此“挂角一将”。据说，四大名旦中除梅兰芳未来过，前后四大须生中除余叔岩和言菊朋未来过外，其余老几位都在此唱过戏。

老穆言谈中最为津津有味的是听程砚秋的戏：“我就听过他一次戏，是《鸳鸯冢》，挺悲，可是真有味儿。一会儿低，一会儿高。你以为断了，可又一提就高了上去，真神了，叫人迷醉。”他说程砚秋在港城演了三天，除了《鸳鸯冢》，还有《青霜剑》和《荒山泪》。遗憾的是，那两出戏他都没看，估计是他兜里的余钱不够了。而且，那年月他去港城看戏都靠步行，来回六十里地，可见那戏有多大的吸引力。

全村二百户人家，也就是他一个人亲眼见过程砚秋唱戏，那神情不必说有多么自豪了，还连连说："听了他一出戏，这辈子也算没白活"。

时光在战乱中蹀躞走到了一九四八年春，有一天，父亲罕见地给了我两角钱（北海卷），要我去县城和成兴书局买一支"大小由之"毛笔，以便好好地练练书法。

我当然非常高兴，但当我走到昔日最繁华的西关街，却是满目凋零。意外地发现了墙上新的戏报，说新开张的戏院早晚两场"平戏"（京剧）正在演出，白底蓝字赫然标出当日的戏码。尤为醒目的是：本院自东北特聘程派青年坤伶筱×秋献艺，本日下午演出拿手戏《贺后骂殿》。此行字特地用红字书写。一旁有了解内情的长者说：这位女演员芳年二十一岁，最近冒险乘船自东北来我县。因其祖父是胶东半岛闯关东的老乡，盛情难却，只在这里演出一月，云云。遗憾的是，事过数十年之久，该女演员三个字的名字中间一字至今怎么也想不出来，只好据实以×代之。

看过戏报使我内心矛盾至极，以抓耳挠腮形容亦不为过。因我自幼酷爱京剧，加上由于南邻穆姓男子对我讲过程派青衣之唱腔如何如何动听。以前虽也听过不少戏，却从未遇到过程派唱法，今天难得碰上怎能轻易放弃。只是父亲好歹给了我两角钱是买毛笔的，如果我用来看戏，他肯定会动怒重责。最后思想斗争的结果，还是领略程派唱腔的强烈意念占了上风，于是便花了一角五分钱买了一张边座票（正座两角）。真是有点“豁出去”的感觉进了剧场。

好歹等到压轴戏开始，女演员一出场便获得观众的“碰头彩”。尽管人尚年轻，但扮相清俊，举止不俗，及至启齿一唱，便是如雷的掌声。我旁边有人小声耳语，说这位筱×秋真是得到程派名家之真传，也真的得到了耳福，印证了我在“戏考”上读到的对程派唱腔“幽咽婉转”的评价。由于当面聆听，较之以前从唱机中听到的效果更佳。一时忘情，也暂时将回家后必受重责撇在一边。

那是我唯一一次的违命看戏，而看的又是唯一的由筱×秋唱的压轴戏。自此不久后，我便参军离家。离奇的是，尽管我参军后走遍南北各地，再也未看到筱×秋的踪迹……

忆平青

我与平青相交十多年，但实际会面却只有三次。这之间书信来往，鸿雁南北，不计其数。我记得自《散文》创刊以来，他就是一位热诚有力的支持者。我的印象中他绝不轻率寄稿，但每寄则在水平线之上。他的散文初读时似觉平些，通观之则见其格调清新，贴近生活，谋篇谨严，语言相当讲究。他不作忸怩厌弃陈腔滥调。因此，我仿佛记得，在第二次《散文》月刊评奖中，他是获奖者之一。我记得不那么清晰，不是因为我对他获奖与否漠不关心，恰恰说明当时的评奖活动完全是从作品质量出发，不问作者亲疏与否。

我与平青第一次会见大约是在二十世纪八十年代中期。在我狭小得只能容坐两个人的工作室里，我见到了他。一个原本是江西老表，却带浓重的关东口音；一个江南书生，却神貌朴厚豪壮。俗话说“文如其人”，主要是指其内在气质秉性，不可能是“全方位”的。在许多情况下，未见时的想象与相见后的印象往往不尽相同。我与平青相见后，比未见时更觉其真，更觉其淳朴。

他谈到他年轻时就离开了赣水红壤、渊明故地，而远去黑龙江畔北大荒落户，一晃便是鬓生白发时近“知命”之年，反而有时油然萌起叶落归根之念。当然，对于东北也有不忍离去之情，文学生涯是从那儿开始的，一提起笔来无形中就与那片黑土地难解难分了。我记得他当时比较犹豫，还征求我的意见以助他下定决心。作为神交之久终于得见的朋友，我不能妄加决断，只能是根据个人看法提供他参考。我的一个前提是如何更有利于事业，有利于创作，当然会摇笔杆的人到哪里都能妙笔生花，但熟悉的地域与自己相适应的气质是很重要的。

这第一次会面，他就是带着这种自信的微笑离去的。他回佳木斯后，再来信从未提及南调的事，我也未再问他。总之如大家所知道的那样，他还继续在那边写散文，编刊物。我觉得他的散文越写越好了，而且从没有“断流”。这个不断流，说起来简单，对于一个从事笔耕的精神创作者来说，它说明一种良好的“竞技状态”。

哪里有硬着头皮写还越写越好的事？没有。于是，我遥为老友高兴了。

这中间，不须问各自在人事以至世事都会发生一些这样那样的曲折变化，面上的皱纹只会悄悄增多而不会减少。一晃又是好几年，在二十世纪八十年代将近九十年代到来之际，我们又一次会面了。这次是在北京我的家里——西城区大杂院，我住过近三十年的小平房外间“会客室”。我下班后进家就和平青夫妇会面了。他们老两口是来探望他在航天部工作的女儿和女婿专程来京。那天我的老伴也很高兴，她看来极愿接待这一对热诚淳厚的远方来客，而不仅仅因为他们是我的朋友。在我回来之前，他们聊得就很对路，以致这简朴之极的小屋里充溢着极其友善、极其愉悦的气氛。真的，在这大杂院是很不常见的。

第三次会面是平青去天津参加一个散文笔会过京。当时我正在班上，他就坐在我旁边那个一坐便咯吱作响的沙发上，相距咫尺地聊着。他见我一面看小样，一面接着频频振铃的电话。又见我办公室虽扩大了些，但面前稿件堆积，或许还有些狼藉，知我必是甚忙，只是担心我这样下去身体吃不消。他像关怀着自己一般切切地说着："到我们这年龄可不能再拼命了，要悠着劲干，工作、写作都是一样。"我感谢他，甚至是一种无声的感动。但工作忙是实际情况摆着的，尤其是刚来不久尚须更好地掌握规律的阶段。我所抱歉的则是另一件事：他不久前转给我几篇佳木斯地区作者的稿子，我按规矩交给一位老编辑仔细阅看，认真处理。过了些时间我再问他时，那位编辑竟统统退走了。这件事我虽不知情，但在老友面前还是有失察之责。与之同时，我又请他为《大地》副刊写稿，并特别指出自我来《人民日报》文艺部工作后，他还没有寄过一篇稿子呢。他只是说："你太忙了，我真不忍再给你增加负担。"我说没关系，他才允诺下来。

他回去后，并没有立即寄稿子来。再以后，仍没有寄来，却在一个从表面上看与平时并没多少异常的上午，接到他突然辞世的噩耗。

我很少写回忆故人的文字，悼念亡友的则更少，原因是挚友中还绝少英年早逝者。除了我患难与共的西城大杂院看门的老友之外，就是平青了，他们都是不到花甲之年早逝的，在我提笔写他们时，他们都在眼前，丝毫也不觉得陌生……

拾遗录

北大荒，泛指中国东北地区历史上广袤而荒凉的未开发地带，以沼泽遍布、人烟稀少、气候严寒著称。二十世纪五十年代，国家组织大规模垦荒，将这片“蛮荒之地”改造成“北大仓”，成为中国最重要的粮食生产基地之一。

“北大荒”的蜕变，是新中国将自然劣势转化为战略优势的缩影。它承载着一代人的青春与奉献。

我用干妈给的“压岁钱”买了《呼兰河传》

我小时候就是一个“书迷”，我进县城最大的吸引力就是去新华书店看书。书店不限制小孩儿看书，只要不把人家的书弄脏了就行，站着看蹲着看都可以。我是新华书店的“常客”，书店的眼镜经理和男店员小杨、女店员小傅都认识我这个姓石的小孩儿。

但遗憾的是，只因“囊中羞涩”，我在书店里买的书极少，除了《李有才板话》，再就是稍后不久用我干妈给我的压岁钱买的一本东北女作家萧红的《呼兰河传》。

今天说来可能人们很难理解，那时在我的家乡黄县新华书店，大部分都是来自胶东新华书店“翻印”的延安新华书店和华东新华书店的书籍，如山西解放区作家赵树理和外国记者斯诺、爱泼斯坦等人的译作，以及东北新华书店出版的《东北抗日烈士传》和萧红的《生死场》《呼兰河传》。这是小学语文老师在课堂上经常讲到的，说鲁迅先生如何如何地推崇。其中，《生死场》我在县图书馆借阅过。当时因为年纪太小理解得欠深，好像没有留下多少印象。而《呼兰河传》我是下决心要买的。适巧一九四六年春节拜年我干妈给了我六角北海币压岁钱，我当时的心情只能以“喜出望外”加以形容。因为当时的六角钱在一般人眼里可不是一个小数。我记得我是用其中的两角二分钱买了《呼兰河传》一书，书是普通的三十二开本，印制得不像《李有才板话》那般粗糙，纸张质量也比较好，足见当时工业基础较好的东北地区就是胜过其他地区一筹。我的老家地理位置得天独厚，有渤海海峡地理优势，港口之间交通始终未断，所以东北新华书店的书籍得以运来。相对而言，南方交通因战争环境受到敌人封锁，而鲁迅、茅盾、巴金、老舍乃至丁玲等作家的作品不见于我县新华书店，原因正在于此。

说来有趣，书买到后，阅读过程却与稍前的《李有才板话》形成鲜明反差。我想是由于不同作品的风格有异。当初我买到“板话”后，由于其风格诙谐幽默妙趣横生，我出县城回村是背对夕阳，在路上倒退着走路看书；回家晚饭后又趁月光在院中续读，可谓急不可待。而《呼兰河传》风格庄重，需要细品。所以我记得读了近一个月的时间才算读完。有一个细节至今我还记得，夏日我在蚊帐内煤油灯下细读，母亲在外面大声提示："小心弄倒了灯火，烧坏蚊帐！"

这两种阅读过程使我联想到后来读《水浒传》和《红楼梦》的鲜明反差：前者是在一九五一年我在山东省军区工作时，白天因事务繁多，无暇旁顾，晚间在宿舍就寝前恐影响他人，便在被窝里打着手电筒抢读；后者是在大学读中文系，老师指定的必备书中有《红楼梦》，我记得是哩哩啦啦直到毕业数年后才算读完。可见阅读过程的兴趣差异与对不同风格的作品艺术评价并非同一概念。

哦，对了，一九四七年上半年，我在故乡解放区北海中学二里处分校上了一个学期的初中，语文课李老师布置作业时，要我们每人写一篇读后感，我写的便是曾读过的《呼兰河传》。至今能够记得大致上是这样一段话："一个同是生长于乡村的少年人，心灵受到压抑的是多么不幸；而生长在二十多年后解放区的我，心情却发生了翻天覆地的变化”。为写这篇短文，我还向李老师问过萧红的生卒年月。

《八月的乡村》这本书，是进城后的一九五一年我在济南新华书店翻阅的，没有买。

幸会郭小川

我一生中碰到过为数不少的名人，但许多人只是那么一次。比如诗人郭小川，我也只碰过一次面，而且是唯一的一次。记得是一九六二年与一九六三年之交，当时我在天津作协《新港》文学月刊任诗歌编辑，有一次去牡丹江出差，中途在哈尔滨逗留两日，住招待所时偶然与郭小川相遇。我问他前些时候我以常务副主编万力的名义写给他的约稿信收到了没有？他想了想，点点头说："哦，收到了，只是我最近一直在伊春林区，实在没空复信，请代我问候万力同志，他当年在延安鲁艺，我们曾经见过面。"

"我回天津一定转达。"我又说，"我们更希望您能给我们《新港》赐稿，方纪同志还是我们的主编，你们都是老熟人了。"这时他笑了，说："方纪、孙犁同志，我们在延安就认识，新中国成立后在天津还共过事。不过，我现在确实很忙，平时写的也不是太多，对于报刊的约稿，也实在难以照顾过……”

他的话没有说下去，可能出于谦逊之故。我理解他所说的完全是实情。其实他在中国作协担任书记处书记兼秘书长，而且又要抽时间不远千里赴外地深入生活，以应创作之需，笔下之作品尽管比较丰富，也难以在约稿的报刊中“分配”过来。

当时我们在哈尔滨招待所盘桓的一整天中，相互交谈还是很融洽的，他并未因为我是小他十五岁的晚辈而有些许冷遇，在一天的早、中、晚餐期间，彼此都说了很多话，从他的言谈中所获良多。

在这之前，我以为他是东北人，但听不出他有多少东北口音，基本上说的是标准的普通话。在我们交谈越来越深入之后，他异常爽朗地说：“你以为我是东北人也没什么错，我的老家是丰宁县，属于老热河省。过去的说法是东三省，但也有东四省之说，就是包括热河省在内的。”

当时在我们谈话中，他就未曾间断吸烟，我想这可能是他的一种习惯，尤其是在写作过程中，有一种说法是可以提神的。我曾想建议他吸得少一些，但见他精神状态很好，而且虽然清癯却举止洒脱，便将到口的话又咽了下去。

就在这次哈尔滨幸会后不久，便在《诗刊》上读到了小川老师的最新诗作《祝酒歌》——林区三唱之一。

三伏天下雨哟，雷对雷；
朱仙镇交战哟，锤对锤；
今儿晚上哟，咱们杯对杯！
舒心的酒，千杯不醉；
知心的话，万言不赘；
今儿晚上啊，咱这是瑞雪丰年祝捷的会！

我知道，这是小川同志此次深入黑龙江林区的新收获，是为伐木工祝捷，也是为诗人的新成果祝捷。

拾遗录

东三省，清末与民国时代奉天（今辽宁、吉林、内蒙古三省区各一部分）、吉林、黑龙江三省的总称。民国以后又称“东北四省”。自1928年热河省（1956年撤销）建立省制后，又合称为“东四省”。

萧红故居追记

二十世纪初年（实在记不准是哪年哪月），我去哈尔滨出差，在老友门瑞瑜提示下，我决定去萧红故居呼兰一行。

车行一路顺利，初秋季节，地面上草木萧索，汪汪积水静寂，但不少树丛还红叶初绛，伴随着鸟雀的鸣声，叶片偶有飘落，轻拂车窗，似有隐语相诉，使得我与门君不忍互语，好在不消几多时刻，已抵达目的地萧宅大院（确切地说应为张宅，因萧红原名张迺莹）。

事前已有门君电话联系，门前有人接迎，没有过多寒暄，因门君已有交代：主要是随意地看，看后再做必要的交流。我虽是初来，但对这里的一切仿佛并不陌生，也无须多加解说。

但有一点是独特的，这就是故居院落之大，而且大得极其开阔，大得更显寂静。虽然四面的房屋无论是正房还是厢房，其造型比之我们老家的房屋区别甚微，然其宽敞度却无可比拟。

萧红幼时的一切，她成长中富有个性的种种，通过实物展示和文字说明都相当清晰。我第一次接触她的著作，不觉已是六十余年，几乎与解放区的作家赵树理同时，而还在鲁迅、茅盾、巴金、老舍、丁玲之前。对我而言，其原因就是交通条件便利与否，而与个人的努力寻求无关。当然，如按我们民间的习惯说法，也是“缘分”使然。

看过作家个人成长阅历的展示，又看了居宅附属设施原始真实情景，如仓廪、粮囤等物，与我故乡邻县栖霞牟氏庄园所拥有的近似，都属于北方大户人家，而且可能还同属于所谓的“大粮户”。

院内可能是为了符合当时的真实情景，还种植了一些菜蔬之类。这一点使我倍感亲切，因我小时候在老家同样喜欢在院中闲置角落种些茄子、辣椒、黄瓜，等等。也足够自家日常食用了。可见院不在大小，家境不论贫富，在某些方面还是有相近之处。但不知萧红当日在家时，对这类活计兴趣浓淡如何。

本来，参观已告一段落，应回厅堂落座做些必要的交流，但门君提议还是趁热打铁，去外面呼兰河畔一观，此议也正合我意。呼兰河本来就是萧红的一记精神品牌，理应实地体察一二。

此际的呼兰河，虽非水盛季节，然流速仍不见缓，而且尚称澄澈。我见此水，较之适才在内院更似见萧红其人。呼兰河发源于小兴安岭，南去与松花江交汇，她全程长而不竭，下游历来是能够通航的。当日萧红去哈尔滨，不知乘的是否航船。

回到大院，一位颇具几分文气的六旬左右的先生在厅内迎候。门君秉性通脱，亦未多做介绍，我估计这位先生并非一般解说员，而大半是萧门亲属或是研究工作方面人士。当他听门君说我是山东人时，便含笑说了句“哦，是老乡亲”，不知是何意。与萧红祖上来历有关抑或别的，我这人生性腼腆，从不爱刨根问底，却从挎包里拿出在哈尔滨托人买的一瓶“老黄县”高粱烧酒，送给主人以为纪念。这是当年我叔伯二舅告诉我的，说关东朋友最认的就是“老黄县”牌号的烧酒，不知过了这么多年，人家是否还领这个情？而眼前我见这位先生脸上立见悦色，连连说："好好，老黄县，有名，有名。"我心里一块石头这才落地。

我和门君都没有在这里吃饭，尽管主家盛意相留。离前，我在留言簿上题了几句话——

呼兰河水不止流入松花江

而始终跟随女主人远徙南海之滨

"生死场"不是萧红一个人的际遇

任何有心人都不能绕开命运的较量

拾遗录

萧红（1911—1942），中国女作家。原名张迺莹，黑龙江呼兰（今哈尔滨市呼兰区）人。1933年开始文学创作，次年到上海，在鲁迅帮助下发表长篇小说《生死场》，描写东北农民的悲惨生活和抗日斗争。抗日战争时期在香港病逝。

二舅“闯关东”轶事

曰润是我的叔伯二舅（我母亲娘家叔父的儿子）。我几次写他名字，皆因字儿不够工整而被误认为“日”，实际上是《论语》中的“子曰”的“曰”。

他年轻时心高气傲，先是南下上海，不适应南方的气候和南方人的性格，又回头北闯关东，先后在哈尔滨、三姓（依兰县）等地当过店员、杂工和商贩。不知是运气不佳还是怎的，头脑也够灵活却没有赚到大钱。不过，毕竟赚了个丰富的阅历。我小时候对东北特别向往，积累了有关东北地区方方面面的知识不算少。这些都是闯关东的长辈们讲述给我的，其中曰润二舅占了主要的成分。

他对哈尔滨最有好感，说哈尔滨的买卖家又多又大：“特别是那里的‘同记商场’和‘大罗新’，货品堆山成岭，简直海了去了。”“海了去了”是形容特别繁多的土语。

他说他在哈尔滨“双合盛”面粉厂当过技术工，那时的面粉厂俗称“火磨”，好像全市还不止这一家面粉厂，可见这号称“东方莫斯科”的城市要养活多少人口。二舅还知道哈尔滨这个地名的来历，好像是满语“晒渔网的场子”的意思。他说哈尔滨以“正阳”和“太古”命名的街道是成序列的，至少有十几道街，这里的居民有很多都是山东人，光我们一个黄县就差不多能住满一条街。二舅说有一户原籍黄县的资本大家，在太古序列中的一条街上有一半房产都是他家的，这位资产大家病重临终时给他独生子的遗嘱是：“你小子一辈子不用再赚大钱，守着摊儿就能吃香喝辣的。”殊不知乃父死后，其子吃、喝、赌、抽（大烟），不到三十岁便败光了家产，自己披了麻袋，落得个无家可归。二舅讲述这个真实的故事，是想告诉我：无论多富有也经不起胡折腾；做人过日子，勤俭持家才是正道。

有一件事给我留下的记忆很深，是哪一年连他也没有说得精准，反正是他在哈尔滨当伙计的时段。过大年的当口，老板给大伙放了几天假，同事们欢天喜地，趁这机会打牌的打牌，看戏的看戏。曰润二舅本来是个多才多艺的人，他不但爱看戏，还有会演戏的天赋，可是那一阵子老家打来电报：母亲思念他得了“火朦”（眼疾），憨厚的哥哥心急如焚，要他多寄几个钱以应老娘治病之需。二舅是个孝子，一发狠便把平时积攒的钱都寄回家去，可自己手头上就“紧巴”了。于是，趁着年关时节，他在哈尔滨市区买了些针头线脑、布鞋袜子等日用品，搭包上路，赶赴哈尔滨北林区，“薄利多销”，卖给交通不便的小户人家，也挣了一笔“小钱”。

这中间还发生了一桩故事，一位早年来自河北省沧州的大娘，寡居多年，膝下只有一儿一女，儿子和曰润二舅恰好同龄，可年前在牙克石做伐木工时遭遇了车祸。晚年丧子是所谓人生“三不幸”之一。大娘见曰润这个来自山东的小伙子人品长相都不错，很想留他住下来做“养老女婿”。二舅理解大娘的真诚好意，却也只能实话实说：“我老家也有老娘，眼下正得了‘火朦’，哥哥照顾不过来，说不定我最近就要回老家去，大娘的情我领了，只有来世再报答了。”二舅说，临别时大娘和闺女那种依依难舍和至为遗憾的神情，令他终生难忘。不知怎的，自己本来没做错啥事，却就是觉得对不起人家。

二舅在他三十二岁那年离开东北，回到山东成了家，孝敬双目几近失明的老母。逢年过节，得以发挥他固有的业余爱好，自编自演“地摊小戏”，一出“卖油郎”演出了名，南庄北村都叫他“活卖油郎”。

我童少年间，夏天晚饭后在村边苇席上听的，就是曰润二舅和东邻三胖哥主讲他们当年在东北亲身经历的故事，后来我称之为“村边苇席上的课堂”，直到我参军离开家乡。

拾遗录

闯关东，中国近代史上一次大规模的人口迁徙运动。主要指清朝末年至二十世纪中叶，山东、河北、河南等地的百姓为谋生计，迁徙至东北地区（山海关以东，故称“关东”）开荒拓土、谋求生存的历史现象。象征中华民族在逆境中求生存、开拓进取的精神。如今东北的许多家庭，仍保留着“祖籍山东”的集体记忆。

北方：大雪中的人生

清晨一推门，

飘进一绺银须。

哦，北方第一场大雪，

静悄悄地干活。

出门上路，

全身白雪，

脚下一步一个窟窿。

没有汽车，也不骑摩托。

五十年前步行，

今天还是步行。

五十年前那时，

风撕着雪，雪咬着风，

风抽打着脊梁，

雪灌满了衣领。

迎面受阻，

倒退着行。

半天一个路标，

路标审视着人生。

今天不同，

路标羡看着人生。

马路上熙熙攘攘，

谁也不是踽踽独行。

路友真多，

摩肩接踵。

你不问我去哪儿，

我不问你干啥，